Ode
à l'homme qui fut la France

Romain Gary

Ode à l'homme qui fut la France

Sur Charles de Gaulle

Suivi de

Malraux, conquérant de l'impossible

Textes traduits et présentés par Paul Audi

Calmann-Lévy

« The man who stayed lonely to save France »
Life Magazine, 8 décembre 1958, vol. 45, nº 23, p. 144-158.

« To Mon Général : farewell, with love and anger »
Life Magazine, 9 mai 1969, vol. 66, nº18, p. 26-29.

« Ode to the man who was France »
Life Magazine, 20 novembre 1970, vol. 69, nº 21, p. 42-43.

« Malraux, conquérant de l'impossible » (titre de l'éditeur)
Catalogue de l'exposition Malraux organisée par
la Chancellerie de l'Ordre de la Libération, 1977.
Publié simultanément dans *Le Monde*
du 18 novembre 1977 sous le titre « André
Malraux ou l'honneur d'être un homme ».

ISBN 2-7021-2686-3

Sommaire

SUR DE GAULLE

Préface aux textes sur de Gaulle 11

Ode à l'homme qui fut la France 37

L'homme qui connut la solitude pour sauver la France 47

À mon Général : adieu, avec amour et colère 93

SUR MALRAUX

Malraux, conquérant de l'impossible 117

Postface au texte sur Malraux 127

SUR DE GAULLE

Préface

> « On imagine mal de Gaulle en général. »

Le « gaullisme » de Romain Gary ? Sitôt prononcé ce mot, prenons grand soin de le mettre entre guillemets, tant il aura été en l'occurrence aussi *singulier* que les deux hommes qui se sont associés, un jour de l'été 1940, au nom de la fraternité humaine, de la « fraternité anonyme, sans visage, sans nom, sans lien personnel ; la fraternité à l'état pur, la vraie » ; au nom de l'amour filial aussi, c'est-à-dire, tout compte fait, de la liberté envers et contre tout, de la liberté par excellence.

Pour mesurer toutefois que cette liberté par excellence, ou pour mieux dire *par éminence*, s'enracine dans l'existence et non dans la pensée, dans la passion plutôt que la raison, il convient de se remémorer d'emblée un épisode de la vie de

1. R. Gary, *La nuit sera calme*, Paris, Gallimard, 1974, repr. coll. « Folio », p. 305.

2. R. Gary, *Les Trésors de la mer Rouge*, Paris, Gallimard, 1971, p. 18.

Romain Gary qui l'illustre parfaitement. Nous sommes près de trente ans après que le lieutenant Gary de Kacew s'est engagé aux côtés du chef de la France libre. Mai 1968, les barricades, la révolte dans la rue, le ras-le-bol quasi général, le coup de sang qui, en cette circonstance, est une manière de coup d'État : de la chienlit et du grotesque certes, mais aussi, et surtout, de l'espoir marié à de l'imagination. Soit encore : une manière de vivre et de se regarder vivre comme une jeunesse se réjouissant enfin, et sans trop de discernement, de ses pouvoirs recouvrés.

Or, s'il est juste de dire que la jeunesse est un art, comme l'affirmait Oscar Wilde — ce parangon de bonne santé que Gary saluait comme un de ses maîtres en cynisme —, et s'il n'est pas moins vrai que l'art « est une naissance commandée par la vie », une naissance qui, s'il nous était donné de demeurer fidèles à l'esprit qu'elle insuffle dans nos corps, « exige[rait] de nous la fin du culte de la douleur dans l'art », la jeunesse ne

1. Épisode narré par Gary dans *Chien blanc*, Paris, Gallimard, 1970, p. 238-239.

2. Dans *Clair de femme*, Gary fait dire au héros principal, Michel : « Écoutez, Lydia, je vous offre ce qu'il y a de mieux. La Rochefoucauld, Wilde, Byron. Les sommets. » (Paris, Gallimard, 1977, repr. coll. « Folio », p. 136.)

3. R. Gary, *Pour Sganarelle*, Paris, Gallimard, 1965, p. 145.

4. *Ibid.*, p. 249. *Cf.* à ce sujet l'exceptionnel chapitre XLVII, p. 321-325.

saurait être une simple question d'âge. Elle est une affaire de cœur, de force d'âme — la conviction, quelquefois démesurée mais toujours héroïque, que « le bonheur est au fond de l'homme et donc au fond des choses ». Telle est la jeunesse à laquelle se sera accordé l'art majeur de Romain Gary, et ce n'est pas Émile Ajar qui le contestera. Ce n'est pas non plus l'auteur de *La Promesse de l'aube* qui se sera voilé la face devant l'antinomie du jouir et du vieillir.

Or, en 1968, c'est de Gaulle qui prend soudain un coup de vieux. Gary, en attendant de devenir Ajar, n'est déjà plus Kacew. Cela fait trente ans que la forêt de Wilno a pris feu, qu'elle brûle encore dans ses veines avant de se transformer en une bouffée de braises. Gary, le compagnon de la première heure puis de la Libération, le diplomate honorable et décoré, le romancier plus Don Juan que Sganarelle, est devenu cet « enchanteur » — irrémédiablement inféodé aux puissances de l'imaginaire — à qui on ne la fait pas (« on » c'est-à-dire le « réel », cette « police du réel » qui n'a pas d'autre souci, dira Gary, que celui de débusquer les évadés que nous sommes pour les enfermer dans ses geôles sans lumières). Certes, à la

1. *Ibid.*, p. 248.

2. *Cf.* sur cette image, R. Gary, *Europa*, Paris, Gallimard, 1972, p. 334 : « [...] dans un siècle où la police du réel était très bien faite et où il était singulièrement difficile de passer au travers de ses filets » ; et p. 334 : « [...]

magie, à la féerie des artifices, à la création continuée de la rêverie, à tous les philtres surnaturels de la passion, il peut bien s'avouer rompu, lui qui a appris à en reconnaître les ressorts secrets, ceux qu'aura cachés l'intelligence des Anciens comme ceux qu'aura abîmés la bêtise des Modernes ; il est passé maître dans la manière de démêler le vrai faux du faux vrai.

Mais en cette fin du mois de mai 1968, on l'appelle au téléphone, on lui rappelle un passé qu'il croit, à la vue du présent, être le seul à n'avoir pas oublié : un passé de mobilisation, un passé où lui-même n'a laissé d'être sur le qui-vive, à l'affût du combat justifié. On lui dit que l'histoire se répète, que le danger menace à nouveau, qu'il n'y a plus une minute à perdre et que, aujourd'hui comme hier, il n'y a qu'une poignée d'hommes prêts à défendre l'honneur de la France, c'est-à-dire l'idée que le Vieux s'en est toujours fait. Aussi le presse-t-on de se joindre à eux pour le manifester au grand jour. Or, Gary, qui connaît par cœur ses classiques, sait que quand l'Histoire recommence, elle ne fait jamais que bégayer, ce qui peut en rendre assez comiques les événements. La tragédie d'hier n'est tout de même pas à l'ordre du jour. C'est donc en dépit du bon sens qu'il jugera de l'attitude à adopter : il se rendra bien au rendez-

---

tous les évadés étaient repris et ramenés dans les geôles du réel... »

vous, mais, noblesse oblige, bardé de ses nombreuses décorations et flanqué du drapeau de la France libre !

Gary raconte :

> « Un dernier "carré" de Français libres va descendre cet après-midi les Champs-Élysées. Le dernier "carré", c'est quelque chose à quoi je n'ai pu résister. J'ai horreur des majorités. Elles deviennent toujours menaçantes. On imagine donc mon désarroi lorsque, me présentant plein d'espoir sur les Champs-Élysées, je vois déferler des centaines de milliers d'hommes qui donnent une telle impression d'unanimité que j'en ai la chair de poule. Immédiatement, je me sens *contre*. Venu pour brandir le drapeau tricolore à la croix de Lorraine sous les risées en compagnie de quelques centaines d'autres irréguliers, je me sens volé. Je leur tourne le dos. Tous les déferlements démographiques, qu'ils soient de gauche ou de droite, me sont odieux.
>
> Je suis un minoritaire-né. »

Comme quoi il est des amours auxquelles il convient d'échapper pour leur rester fidèles... Ce qui, au demeurant, est la pure application d'un principe gaullien : de Gaulle n'avait-il pas à plusieurs reprises choisi la fuite afin de maintenir

1. R. Gary, *Chien blanc*, *op. cit.*, p. 238-239.

2. Romain Gary reconnaît d'ailleurs lui-même dans *La nuit sera calme* : « En ce qui concerne de Gaulle, la plus sûre façon de trahir un héritage qui est uniquement éthique, c'est d'essayer d'en faire un produit politique de consommation courante. » (*Op. cit.*, p. 156.)

vivace la flamme de sa passion ? Il est vrai qu'il existe des hommes pour qui les compromissions tiennent lieu de reniements. Gary appelle cela « l'idéalisme »...

Or si, en l'occurrence, l'« idéaliste » semble bien être l'homologue de personne, s'il est fatal qu'il « connaisse la solitude » en toutes circonstances, il s'en faut de beaucoup qu'il se drape dans la toge jamais froissée de la « belle âme » (de l'« âme bêlant-lyrique », comme Gary, par dérision, se plaisait souvent à l'appeler). Aiguillonné en son action par une conscience aussi peu malheureuse, aussi peu déchirée que possible, et bien qu'aveuglé par sa propre lucidité, ce « rêveur réaliste » n'est toutefois pas sans savoir que la *raison* est capable de donner sens à tout sauf à elle-même, sauf à cette vie qui l'anime et à laquelle elle prête un sens que par soi, cette vie même n'a jamais : un sens qui ne se résout pas tant en un but intelligible qu'en une direction offerte librement à son *maintien*, une perspective d'avenir rattachée au passé et dont la fécondité demeure *pressentie* seulement, à l'instar de cette fameuse « certaine idée de la France » dont nous parlait de

1. *Cf.* Ch. de Gaulle, *Mémoires d'espoir*, I, « Le Renouveau », Paris, Plon, 1970, p. 81 : « Mais nous, Français, pouvons nous demander si le mieux n'est pas que cela nous conduise [...] à y agir [en Algérie] comme si, en matière de colonisation comme en amour, “la victoire, c'est la fuite”. »

Gaulle en prenant le plus grand soin de l'affecter d'un coefficient d'imprécision suffisamment élevé pour permettre à chacun de s'y reconnaître à sa guise. Mais qui donc ébauche une telle orientation ? Rien d'autre, au fond, que l'« amour de la vie », cette *vertu* suprême, nous répondrait Gary. Car, pour ce dernier, ainsi que pour de Gaulle, et c'est surtout de ce point commun entre le créateur et l'homme d'État que le romancier aura souhaité nous entretenir, aimer signifie inventer, et n'a pas ce talent qui veut. « Être aimée, c'est d'abord être tendrement inventée, rêvée par quelqu'un », déclare une héroïne d'*Europa*, peu d'années avant que Gary ne fasse de cet amour par fictionnement le beau sujet de *Clair de femme*. Aimer une femme, aimer la France, c'est tout un, dès l'instant que celle-ci apparaît sous les traits émouvants d'une « madone aux fresques des murs » ou d'une « princesse des contes ». Mais rêver la France, c'est aussi inventer l'« homme qui fut la France » et le donner à voir *comme il n'a jamais été en réalité*, car « rien, dans la réalité, ne peut résister à ce qui change la nature du regard ». Telle est en effet la maxime qui préside à la composition des textes que l'on s'apprête à lire ici. Telle est aussi la toile de fond sur laquelle se détache la « performance » de tout *picaro* qui

1. R. Gary, *Europa, op. cit.*, p. 96.
2. R. Gary, *Pour Sganarelle, op. cit.*, p. 259.

se respecte et refuse, de ce fait même, de se vautrer dans le dénigrement universel et la suffocante haine de soi.

Cependant, qui aime la France ne saurait se contenter de brosser le portrait imaginaire de celui qui aura eu la chance de l'incarner (prévenons d'ailleurs qu'une telle invention ne pourra que surprendre quiconque s'attend ici à quelque « reportage » puissamment documenté). Ce qu'il lui importe aussi, c'est de prendre à la gorge la France réelle, de faire pièce à la mini-France, comme Gary la caractérise en ces pages, celle des Sancho Pança et des petits-bourgeois, de tous ceux qui se délectent de leurs frustrations sans jamais songer à s'abandonner au risque de leurs rêves, résidents passifs et dépassionnés d'une France oublieuse de son avenir, qui s'interdit d'avancer en tenue d'apparat et qui, lestée de la

1. R. Gary, *Europa, op. cit.,* p. 64-65 : « La lumpen-bourgeoisie des frigos et des bons petits bistrots où on va bouffer après avoir parqué son auto sur le trottoir avait inventé le “moi, j'dis toujours ce que j'pense” non par quelque inconcevable intégrité, mais par goût de la facilité, par agressivité, et parce que l'idée de respecter le territoire psychique des autres, c'était aujourd'hui de la porcelaine de musée. » Et Gary d'ajouter ce qui peut-être n'est aujourd'hui même plus le cas : « Seuls les ouvriers, ceux, du moins, qui n'étaient pas encore passés dans la lumpen-bourgeoisie, savaient encore ne pas tout vous dire, et c'est dans le regard des ouvriers de France que Danthès [= Gary ?] avait trouvé le plus de retenue... »

défroque d'un « quotidien » stérile et accablant, soumise à cette navrante « mécanique de vivre dans l'acceptation du hideux et du triste » qu'abhorrait tant Gary, attise en chacun le désespoir, suscite en lui les fausses illusions, à l'endroit même où elle devrait en consacrer de vraies, toutes inspirées par la réjouissance de leurs créateurs. — Vraies illusions, réjouissance des créateurs ? Il faudrait en effet convenir avec Gary que toute création authentique, toute fiction véritable ne se rapporte jamais qu'à un « jouir », « la compulsion » présidant aux promesses qu'elle nous adresse demeurant en tant que telle « primitive, naïve, enfantine, barbare, source de joie et d'émerveillement ». Car « elle est essentiellement un acte d'adoration de la vie », qui « ne perd jamais son caractère de jouissance » — il suffit d'ailleurs pour s'en convaincre de « regarder un enfant jouer »...

La France aimée et inventée par amour, à quoi ressemble-t-elle ? Le visage créé de la France s'appelle « grandeur », et Charles de Gaulle est son auteur — *auctor* et *actor* en même temps. Mais

1. *Ibid.*, p. 119.
2. R. Gary, *Pour Sganarelle*, p. 174.
3. C'est ainsi que je me propose de traduire, dans l'*Ode* qui suit, le jeu de mots *« this actor and "enactor" of genius ».* Dans l'émission télévisée « De Gaulle, première » que Daniel Costelle a consacrée en 1975 au général de Gaulle — émission au cours de laquelle Romain Gary intervient très souvent pour parler de celui qu'il reconnaît alors comme « l'homme de [s]a vie » —, le romancier

qu'est-ce que la « grandeur » ? La « grandeur » est une Idée, une *grande* idée. Le type même de l'essence qui ne vit que d'exister. On pourrait dire également : une idée qui s'éteint aussitôt qu'elle échoue à s'incarner. Or, il existe un homme chez qui cette grandeur s'est parfaitement incarnée. Cet homme « est » la France — non le pays réel, bien sûr, mais la France légendaire, « mythologique[1] » et à ce titre, « exemplaire[2] ». Il est la

---

insiste beaucoup sur le fait que de Gaulle était bien plus qu' « un acteur qui crevait l'écran », il était aussi un *« auteur-acteur »*. Il est également à noter que, dans *La Promesse de l'aube,* c'est à Malraux que revient ce titre de gloire : « Ce fut surtout avec son poème sur l'art que Malraux m'apparut comme un grand auteur-acteur de sa propre tragédie » *(La Promesse de l'aube* [édition définitive], Paris, Gallimard, 1980, p. 209). — Sur la vision qu'avait Gary de son ami Malraux, voir ci-après l'hommage qu'il lui a consacré en 1977, intitulé par nos soins *Malraux, conquérant de l'impossible,* ainsi que ma « Postface » à ce texte.

1. *Cf.* R. Gary, *Europa, op. cit.*, p. 68 : « [...] la France mythologique de De Gaulle... », opposée comme telle à « la France louis-philipparde des gros sous et du commerce des armes ».

2. *Ibid.*, p. 77 : « Il fallait savoir inventer le passé. [...] C'était aussi le rapport de De Gaulle avec une France exemplaire "madone de fresque et princesse de légende" qui avait tellement manqué à l'Europe, en laquelle Danthès [= Gary ?], malgré toutes les évidences, continuait à croire, mais qui ne pouvait se matérialiser qu'en puisant dans la fiction la foi exaltante et la force nécessaire pour sortir de la fiction. »

France en ce sens qu'il illustre par la seule force de son « esprit » (c'est là un mot dont Gary use beaucoup) *l'unité d'une contradiction* que le peuple français (y verrait-on sa vocation universelle ?) n'a eu de cesse, tout au long de son histoire, de vouloir surmonter en même temps qu'il s'obstinait à lui donner consistance. Cette contradiction, qui met en rapport la liberté et l'autorité, aura été pour ce peuple une telle source de conflit qu'elle l'aura fait souffrir au-delà du tolérable. Or, c'est justement là que s'est manifesté le génie de De Gaulle : dans la prise en compte de cette souffrance et dans le fait qu'il a su, peut-être mieux ou plus habilement que quiconque, *réduire* cette contradiction de fond à l'unité *cordiale* qui la sous-tend. Pour ce faire, il aura certes fallu que se liguent, à tel moment de l'histoire, le nécessaire et le probable, la volonté d'un homme et les aspirations d'un peuple, les forces de l'imagination et le poids du réel. Mais l'important réside moins en cela que dans le fait que cette « réduction » tant souhaitée a été obtenue, sous le titre de « Ve République », sans que son fondateur lui-même eût à forcer les choses, car vieille est en Europe l'idée que la liberté (du peuple) ne fait qu'*un* avec l'autorité (de l'État), les prérogatives de chacune et leur détermination réciproque se révélant au cœur de cette unité sur laquelle parviennent à se fonder positivement l'exigence démocratique et la cohésion principielle d'une nation. J'en veux notamment pour preuve le fait que les légistes grecs de la période hellénistique, lorsqu'ils voulurent traduire dans leur langue la fameuse *auctoritas* des Romains, eurent recours à ce beau mot d'*exousia* dont le sens, à l'origine, s'apparente éminemment au concept de liberté. Sans doute l'autorité représentait-elle à leurs yeux la manière dont *se reprend et se refonde en soi* la libération même de l'être libre ; ce que de Gaulle, en tant qu'auteur-acteur de la République, cinquième du nom, pressentait sûrement...

Mais si le récit de *Chien blanc* peut nous sembler à ce point emblématique, c'est parce qu'il permet surtout de comprendre pourquoi ce minoritaire-né — infailliblement « indigné par le fascisme, indigné par le communiste petit-marxiste, indigné par la soupe bourgeoise, par le socialisme qui s'était perdu quelque part entre la consommation et la production, par le capitalisme américain annonciateurs d'écroulements à l'échelle planétaire » —, ce « cosmopolite qui comprenait parfaitement que le cosmopolitisme ne fréquentait que les meilleurs hôtels et évitait les endroits envahis par les foules », cet « Européen passionné qui riait amèrement à l'idée que l'Europe était devenue le Marché commun », ce vicaire de la Mémoire qui « évoquait le passé en faisant semblant de parler Histoire, mais parlait en fait de lui-même »[1] —, ce récit permet donc de comprendre pourquoi cet être si inclassable s'est toujours bien gardé de publier en France et en français l'hommage qu'à trois reprises il aura souhaité rendre au héros de sa jeunesse.

Précisons d'abord que ces trois textes — soit les trois premiers que comporte ce recueil[2] — ont été écrits à des dates cruciales de la destinée du Général : en décembre 1958 lors de son retour au pouvoir et de la fondation de la Ve République (« sa Constitution ») ; en mai 1969 après son intempestive démission ; en novembre 1970 au moment de sa mort. Rappelons ensuite que durant toute cette période, non seulement les gaullistes étaient au pouvoir, mais ils étaient bien trop nombreux, trop ancrés à droite et trop arrogants pour que la voix de Gary ne fût pas mal entendue. Et ajoutons à cela que ceux qui alors

1. Je ne sache pas de meilleur *autoportrait* de Romain Gary que ce « croquis » qui esquisse devant nous certains traits caractéristiques du personnage principal d'*Europa*, Jean Danthès (*cf. op. cit.*, p. 145).

2. Dans ce recueil formé de quatre textes, seuls les trois premiers ont été traduits de l'anglais par nos soins ; le quatrième — l'hommage rendu à Malraux — a été rédigé en français. J'attire en outre l'attention du lecteur sur le fait que l'ordre chronologique des textes a été modifié : pour avoir donné son titre à l'ensemble du recueil, l'*Ode à l'homme qui fut la France* y est publiée en premier, elle est alors suivie du texte de 1958, de celui de 1969, et enfin de celui de 1977 sur Malraux.

l'auraient écouté avec intérêt n'étaient que des affidés orgueilleux du gaullisme politique, des zélateurs, tout consumés d'opportunisme[1], de la combine partisane et du mensonge idéologique, et non point ces humbles courtisans de la princesse des contes qui n'auraient guère ignoré que la France libre a la beauté d'un pléonasme, ni vu la différence si l'on avait subrepticement escamoté sur les tables de l'Histoire un des « l » de De Gaulle[2]. Bref, la liberté foncière et exaltée de Gary l'empêchait de se poser tout bêtement en « intellectuel » : ce qu'il aura été avant tout, c'est un artiste, un artiste de la plus haute volée, dont la voix gravement enjouée ne se sera jamais mise au service de quiconque[3].

1. *Cf.* R. Gary, *La nuit sera calme*, *op. cit.*, p. 156 : « Lorsque j'ai dit un jour à la télé que mes rapports avec de Gaulle relevaient d'une métaphysique plutôt que d'une idéologie, j'ai eu droit aux sourires dans la presse : c'est le sourire vertical des cons, défini pour la première fois par le romancier américain Richard Condon. J'entendais par là que ce que je trouvais attachant chez de Gaulle et ce qui me liait à lui, c'était le sens de ce qui est immortel et de ce qui ne l'est pas, parce que le vieux croyait à la pérennité de certaines valeurs humanistes qui sont aujourd'hui déclarées mortes et que le monde redécouvrira tôt ou tard, comme la Révolution française avait redécouvert la cité antique et comme la Renaissance avait redécouvert l'Antiquité. »

2. *Cf.* R. Gary, *La Promesse de l'aube, op. cit.*, p. 34.

3. Il convient aussi de se rappeler qu'au cours de l'émission « De Gaulle, première », Daniel Costelle avait demandé à Romain Gary s'il ne craignait pas d'être un

Oui, c'est son chapeau de romancier (celui-là même que lui avait offert un autre grand nostalgique d'un univers peuplé de héros : John Ford), c'est son feutre d'artiste que Romain Gary a tiré devant la performance éblouissante de cette « extraordinaire vedette » que représentait à ses yeux le général de Gaulle[1]. Mais l'hommage qu'il lui

---

peu trop élogieux à l'égard du général de Gaulle. La réponse, dénuée d'équivoque, fut alors cinglante : « Permettez-moi de vous dire que s'il s'agissait ici de venir et de faire simplement l'éloge de l'œuvre du général de Gaulle, je ne serais pas venu. Il y a des gens plus compétents, mieux placés et plus convaincus à cet égard que moi... Il s'agit d'une extraordinaire vedette. Je suis romancier, j'adore les grands personnages, je m'en serais voulu de venir ici célébrer tel ou tel aspect de l'œuvre politique accomplie. La raison pour laquelle je suis là, moi romancier, moi Romain Gary créateur de personnages, c'est qu'il y avait là un personnage, un romancier-personnage qui s'est créé lui-même comme un romancier écrit et crée une œuvre. De Gaulle s'est créé principalement... il a été créé par lui-même comme Balzac créait ses personnages. C'est une création artistique prodigieuse. Et à l'écran de la télévision, dans son rapport avec le public, c'était immédiatement apparent, c'était immédiatement sensible, cette espèce de personnage hors-série, qui apparaissait devant nous et qui jouait ce rôle dans un roman qui s'appelle *L'Histoire de France.* »

1. Ce salut du *romancier* à de Gaulle, Gary l'avait déjà quelque peu tenté avec *Les Racines du ciel*, où il faisait dire à un des personnages du roman (appelé Saint-Denis) : « Rappelez-vous la haine de Roosevelt pour de Gaulle, en 40 ; or, de Gaulle en 40 comme aujourd'hui, c'est un peu, à sa façon, Morel et les éléphants », c'est-à-

rendait, il se devait, pour qu'il demeurât conforme à ses intentions, de le rédiger tout naturellement en anglais, sa seconde langue d'écrivain. En publiant ses textes dans une revue américaine, il pouvait en effet plaider la cause du Général sans se croire obligé de soumettre sa pensée à l'appréciation de ses amis comme à celle de ses ennemis. Là, seul contre tous, contre tous les clichés puritains que les politiques à la petite semaine se plaisaient à colporter, et que publiait inlassablement la presse anglophone, il lui appartenait de donner enfin libre cours au seul projet qui lui tenait à cœur : non pas parler du « gaullisme » qui lui répugnait à tant d'égards, mais esquisser le portrait d'un homme profondément humaniste jusque dans ses aspects en apparence les plus inhumains. Après tout, Gary avait-il jamais cessé de défendre la cause de l'humanité, fût-ce dans ses plus ignobles travers ? Il n'avait pas non plus cessé de défendre la cause de la France. Serait-ce alors une seule et même cause ? À tout prendre, il se pourrait bien que défendre la France contre l'ingratitude de ses propres enfants revienne à œuvrer pour que les hommes en général reconnaissent l'esprit là où il souffle, c'est-à-dire quand il souffle sur ces plaies qu'ils s'infligent si ignominieusement à eux-mêmes.

---

dire le protagoniste même du livre (cf. *Les Racines du ciel* [texte définitif], Paris, Gallimard, coll. « Folio », 1980, p. 162).

Voilà, me semble-t-il, l'enjeu qui règne sur les trois textes que Gary a consacrés à la destinée incomparable de Charles de Gaulle.

Pour la première fois, Romain Gary est traduit dans sa propre langue par un autre que lui-même. La gageure est de taille ; et le traducteur, qui en est bien conscient, espère qu'il n'a pas démérité.

Mais pourquoi s'être chargé d'une telle tâche ? Pour trois raisons essentiellement.

La première, dont l'évidence me dispense de m'y arrêter plus longtemps, est que sous le portrait de Charles de Gaulle perce à maints égards l'autoportrait de Romain Gary.

La deuxième est moins indiscutable quoique plus importante : c'est qu'il est parfois nécessaire de rendre hommage à l'hommage lui-même, d'honorer l'honneur, de re-fonder la liberté en en assumant pour soi-même toutes les exigences. En cette fin de siècle, il était bon de le rappeler.

La troisième raison est sans doute plus « grave » encore : recueillant pour ainsi dire le sens des deux premières, cette raison tient au fait qu'il n'y aura jamais qu'un héros pour pouvoir rendre à l'héroïsme l'hommage que celui-ci mérite vraiment, et c'est peu dire de Romain Gary que son impeccable dignité a fait de lui un des plus authentiques héros de notre temps. Oui, je dis bien un véritable héros — et, en l'affirmant, je ne songe pas seulement au courage physique et moral dont Gary fit preuve au cours de la Seconde Guerre mondiale. Je ne cherche pas non plus à mêler subrepticement les genres : la vitalité de l'action et la vigueur de la pensée, le réel et l'imaginaire, le vécu et l'écrit, la geste du héros et le trait de génie. Si l'héroïsme de Gary est du meilleur aloi, ce n'est pas parce que ce dernier aura su prouver à l'occasion (et parfois même à son corps défendant) qu'il pouvait jouer les gros bras, ou, quand il le fallait, faire un pied de nez à « Totoche, le dieu de la bêtise, avec son derrière rouge de singe, sa tête d'intellectuel primaire, son amour éperdu des abstractions [1] », ou encore tenir tête au désespoir jusqu'à accepter de se donner la mort plutôt que de trahir la leçon des siens, de ceux dont on veut croire (et c'est justement cela leur être fidèle) qu'ils ne sont ou ne seront jamais morts pour rien [2]... Son héroïsme fut grand non pas seulement parce qu'il était la conséquence de son « idéalisme » indécrottable, ou le fruit de son implacable « pragmatisme » (chez les héros, juste-

1. R. Gary, *La Promesse de l'aube, op. cit.,* p. 17.

2. Gary, à propos de sa mère, écrit avec cette ironie qui le caractérise si bien et qui ne se départ jamais de sa touche de mélancolie : « Quelque chose de son courage était passé en moi et y est resté pour toujours. Aujourd'hui encore sa volonté et son courage continuent de m'habiter et me rendent la vie bien difficile, me défendant de désespérer. » (*La Promesse de l'aube, op. cit.*, p. 267.)

ment, le second n'annule jamais le premier), mais aussi parce qu'il se doublait d'un *irréalisme* de principe, qui soutenait l'ensemble de sa démarche en lui conférant autant d'efficacité que d'émotion.

À cet égard, on admettra peut-être que l'héroïsme de Gary, pour avoir consisté en la revendication coûte que coûte de sa « compulsion » à *créer* comme on résiste salutairement au réel lui-même et à son écrasant fardeau, s'accordait peu ou prou à un désir de subversion. « Jouisseur de l'absolu », « extrémiste de l'âme »[1] : il semble bien, en effet, que son héroïsme de *résistant* (et c'est probablement cette part de lui-même qu'il a cru reconnaître en de Gaulle, doctrinaire, comme il le dit, de la « désobéissance sacrée ») provienne de ce qu'il a su, jusque dans sa chair, et tout au long de sa vie, consentir, lorsqu'elle se fût imposée à lui, et plus particulièrement à son *cœur*, à ce dont relève depuis toujours l'essence même du héros, à savoir : cette fin de non-recevoir que tout homme libre se doit d'opposer lucidement et sans mollesse à toutes les forces qui tendraient à le réduire à ce qui n'est pas *lui-même* ; le dégoût de la tricherie obscène et de la tartuferie sociale (fût-ce dans ce domaine des arts qui fut pour Gary si vital, et où l'on se paye trop souvent d'images et

1. Sans doute Armand Denis et les élégants « anarchistes » de *Lady L.* ont-ils occupé un temps son miroir (*cf.* sur ces belles expressions R. Gary, *Lady L.*, Paris, Gallimard, 1963, repr. coll. « Folio », p. 101).

de mots, au point que peu, à ce jour, lui pardonnent, par exemple, son génial *Pour Sganarelle* qui, maintenant introuvable — et l'on imagine pourquoi —, formulait déjà en 1965, avec une prescience et un talent incomparables, le jugement que la postérité ne manquera sans doute pas de porter sur une large part de la « création » de ce siècle) ; soit, en vérité, la plus haute responsabilité dont on puisse se sentir investi à l'égard de soi-même, celle précisément qui avait entraîné l'auteur d'*Europa*[1] à faire endosser à son protagoniste, le diplomate Jean Danthès, le rôle de nous indiquer les *conditions de vie* auxquelles Gary aura lui-même souhaité souscrire : « Je ne crois pas qu'il y ait une éthique digne de l'homme qui soit autre chose qu'une esthétique assumée dans

1. Inimaginable roman (ou romance) de l'Imaginaire, dont le thème principal, si l'on peut se permettre d'en privilégier un, est, à mon sens, moins les facéties de l'amour, l'illusionnisme, la rouerie du Destin, ou la civilisation en général, que « le style » d'une « existence » vraiment digne de ce nom, ce style dont on a pu dire qu'il définit l'homme en son humanité même. « Parlons-en du style... [...] Parlons-en. [...] Il y a des gens qui sont morts pour ça », écrit Gary *(op. cit.,* p. 130). Au début d'*Europa*, Gary avait même remarqué que, du jour où il lui était apparu que l'idée de l'Europe ou plutôt l'Europe *comme* idée avait perdu toute signification véritable, « l'homme [Danthès] n'était même plus le style, mais [seulement] le geste » *(ibid.*, p. 72).

la vie jusqu'au sacrifice de la vie elle-même[1]. » Parole lucide et courageuse, presque venue d'un autre âge, mais encore propre à traduire dans les faits *cet opiniâtre refus de composer, sinon de perdre* qui caractérise l'héroïsme, ce refus dût-il à l'occasion être payé de la plus menaçante poussée d'angoisse...

Et le miracle fut bien au rendez-vous, car jamais cette volonté farouche et toujours irascible de ne céder ne serait-ce qu'un pouce de terrain à la réalité[2], c'est-à-dire de ne rien concéder à cette logique de la « perte », de la « séparation », de la « disparition » qui, pour tant de raisons, aura hanté sa vie et son œuvre[3] ; jamais ce démenti inlassablement jeté à la face médusée de la haine et du malheur (ces incorrigibles qui vont toujours de pair) — et exprimé par lui sous la forme apparemment puérile (« burlesque, emprunté[e] au plus humble vocabulaire des mirlitons[4] ») d'un « ils ne m'auront pas ; je les aurai ! » —, jamais, dis-je, cette action majeure, cette danse de Gengis Cohn n'aura donné à son auteur le sentiment hideux d'avoir eu raison envers et contre tous. La

1. *Ibid.*, p. 130.
2. R. Gary, *Les Enchanteurs,* Paris, Gallimard, 1973, p. 387.
3. Il faut à ce propos saluer l'excellente étude de Pierre Bayard, *Il était deux fois Romain Gary,* P.U.F., Paris, 1990.
4. R. Gary, *La Promesse de l'aube, op. cit.,* p. 284.

vérité est qu'en écrivant ses livres comme en se comptant dès l'été 1940 dans les premiers rangs de la Résistance, Gary ne faisait pas autre chose que témoigner à lui-même qu'en se comportant de manière aussi *déraisonnable*, il lui appartenait de devenir enfin ce qu'il se destinait depuis toujours à être : un libre créateur, pouvant rendre justice aux forces lumineuses de l'esprit, tout en sachant que si une telle vigilance suppose le plus souvent de se garder de « raison garder », elle n'exige pas pour autant de se risquer à perdre la raison ; un créateur, par conséquent, dont la destinée, pour avoir magistralement épousé le sens de l'histoire (et ce sens, n'en déplaise à notre propre entendement, est toujours insensé, sinon déraisonnable, en tout cas sombrement affectif[1]) ne l'aura, justement pour cela, nullement assujetti à quelque « complexe de supériorité ».

1. Pour illustration, cette petite « philosophie » garyenne de « l'histoire », ébauchée magnifiquement au détour d'une page d'*Europa* : « Le bonheur est passé maître dans l'art de passer, mais l'insouciance le prive de son arme principale, qui est la menace de finir. *Sourires, sourires rapides, qui courent d'amour en amour : car cela aussi est une histoire du monde, mais on ne l'écrit jamais.* Quelques pas de deux ; frissons d'eau, petites musiques de sources ; un vol de coccinelles ; le miroir saisit un instant le rayon, puis plus rien ; un si gai regard, et autour, néant : quelques civilisations, des hécatombes. Un baiser, une main serrée, un soupir et tout le reste est une vague histoire de millénaires. » (*Op. cit.*, p. 142.)

La page qui fut consacrée à distinguer sa fierté de tout orgueil est à mon sens sans égale dans la littérature. Je la cite pour mémoire et à la « gloire » de « nos illustres pionniers » ; je la cite aussi parce que, selon le mot de Thomas Mann, « un grand poète est grand d'abord — et poète ensuite » :

> « Je suis sans rancune envers les hommes de la défaite et de l'armistice de 40. Je comprends fort bien ceux qui avaient refusé de suivre de Gaulle. Ils étaient trop installés dans leurs meubles, qu'ils appelaient la condition humaine. Ils avaient appris et ils enseignaient “la sagesse”, cette camomille empoisonnée que l'habitude de vivre verse peu à peu dans notre gosier, avec son goût doucereux d'humilité, de renoncement et d'acceptation. Lettrés, pensifs, rêveurs, subtils, cultivés, sceptiques, bien nés, bien élevés, férus d'humanités, au fond d'eux-mêmes, secrètement, ils avaient toujours su que l'humain était une tentation impossible et ils avaient donc accueilli la victoire d'Hitler comme allant de soi. À l'évidence de notre servitude biologique et métaphysique, ils avaient accepté tout naturellement de donner un prolongement politique et social. J'irai même plus loin, sans vouloir insulter personne : ils avaient *raison*, et cela seul eût dû suffire à les mettre en garde. Ils avaient raison, dans le sens de l'habileté, de la prudence, du refus de l'aventure, de l'épingle du jeu, dans le sens qui eût évité à Jésus de mourir sur la croix, à Van Gogh de peindre, à mon Morel [le héros des *Racines du ciel*] de défendre ses éléphants, aux Français d'être fusillés, et qui eût uni dans le même néant, en les empê-

> chant de naître, les cathédrales et les musées, les empires et les civilisations[1]. »

Mais cette idée qu'il ne faut rien sacrifier à la toute-puissance des idées sans que celles-ci n'aient été au préalable soumises à l'approbation d'un cœur qui bat, et qui bat ardemment de toute la ferveur susceptible de l'animer, Romain Gary a reconnu aussi en avoir reçu la leçon énergique de Nina Kacew, sa mère, dont les derniers mots entendus par son fils auront été précisément : « On les aura !... » Je poursuis donc cette citation car, comme l'écrivait Émile Ajar avec l'air qu'on lui connaît si bien de ne point trop y toucher, « la sensibilité, ce n'est pas ce qui tue les gens aujourd'hui[2] » :

> « "On les aura !" Ce cri bête du courage humain le plus élémentaire, le plus naïf, est entré dans mon cœur et y est demeuré à tout jamais — *il est mon cœur.* Je sais qu'il va me survivre et qu'un jour ou l'autre les hommes connaîtront une victoire plus vaste que celles dont ils ont rêvé jusqu'ici[3]. »

À présent, résignés de la condition humaine, mordus de la défaite d'où qu'elle vienne et quoi

1. R. Gary, *La Promesse de l'aube, op. cit.,* p. 283.
2. R. Gary (Émile Ajar), *La Vie devant soi,* Paris, Mercure de France, 1975, p. 43.
3. R. Gary, *La Promesse de l'aube, op. cit.,* p. 284.

qu'elle vise, oseriez-vous nier qu'il vous a vraiment *eus* ?

Paul AUDI

Paul Audi est né en 1963. Il est l'auteur de deux études philosophiques, l'une consacrée à la première grande œuvre de Jean-Jacques Rousseau, et l'autre à la dernière grande œuvre de Stéphane Mallarmé. Il a également publié aux Presses Universitaires de France un essai sur la notion d'« auteur », intitulé L'Autorité de la pensée.

Ode à l'homme qui fut la France
(Novembre 1970)

Voilà plus de vingt-cinq ans que je porte sur la poitrine cet emblème gaulliste, la Croix de Lorraine, et pourtant, en cette heure matinale du 10 novembre 1970, alors que, à l'autre bout du fil, une voix brisée me chuchote la nouvelle, je ne ressens aucune peine, je n'ai pas le cœur lourd, je n'éprouve rien d'autre qu'une étrange ivresse, le sentiment tranquille et rassurant d'une paix absolue. Quelque chose d'essentiel a été préservé, quelque chose qui est libre enfin de demeurer pour toujours hors du saccage du temps, comme au-dessus de ces ombres malfaisantes qui rampent et se dressent éternellement contre toutes les sources de lumière. Pourquoi ce sentiment bizarre, presque joyeux, de soulagement, comme si tout ce en quoi j'avais cru si profondément, loin de m'être ravi, m'était en fin de compte accordé pour de bon ? Est-ce parce que l'homme qui fut la France a toujours considéré la mort comme un exil loin de la médiocrité ? Dieu merci, Charles de Gaulle n'a pas survécu à lui-même...

S'il est un regret au fond de mon âme et de mon esprit — une vive morsure de tristesse en cette matinée pluvieuse, quelques heures après qu'un très vieil homme s'en est allé, emportant avec lui ma jeunesse —, c'est celui qui s'adresse à toutes ces choses qui sont liées au nom de « De Gaulle » et qui s'éloignent dans le passé à la vitesse de la lumière, ou qui suffoquent lentement dans l'atmosphère polluée du monde et de l'époque où l'on vit : un sens de l'honneur, une noblesse d'esprit, une foi profonde en la dignité, un refus de considérer les réalisations matérielles comme des fins en soi. Il est vrai que la morgue avec laquelle il s'octroyait le droit de porter l'étendard de notre civilisation occidentale résonnait de l'écho d'une chevalerie démodée et d'un culte rendu à une princesse pas toujours aussi loyale, nommée France. Je l'admets : une telle vision de nous-mêmes, simples mortels, une telle exigence, une posture si volontaire m'ont souvent, et moi pas moins que les autres, hérissé, irrité dès lors que je prêtais l'oreille à cette indifférence affichée vis-à-vis de notre humble et douloureux cheminement dans la vie. Et pourtant ! chers Américains... qu'il est étrange que vous, parmi tous les peuples, vous qui avez inventé le nom et la chose appelée « le rêve américain », n'ayez eu de cesse pendant une trentaine d'années de railler les interminables odes à la « grandeur » de De Gaulle... car il n'y a pas de différence entre ce que vous appelez « le rêve américain » et ce que de Gaulle appelait « la grandeur de la France ». Tous deux signifient exactement la même chose : une foi — profondément enracinée dans notre civilisation occidentale — en la capacité de l'homme à se transcender, à s'élever au-dessus de lui-même et à étendre son règne.

Ils sont très rares, les hommes que l'on peut qualifier de *rêveurs réalistes.* De Gaulle en était un par excellence : tacticien avisé, il n'en appelait pas moins les Français — voire, comme à regret, le monde occidental tout entier — à se hisser vers des sommets mythologiques et, pour autant que je sache, inexistants, ou pour le moins inaccessibles. Jamais auparavant Sancho Pança n'avait œuvré si dur pour Don Quichotte ; et les deux se liguaient comme s'ils formaient un seul et même homme. Ainsi le réaliste en de Gaulle n'a-t-il jamais manqué de ruse pour servir le rêveur. La stratégie consistait à toujours viser le maximum, aussi haut et aussi loin que possible, avec l'espoir pratique et astucieux qu'il soutirerait ainsi de nous au moins un minimum. Car ce sempiternel étudiant de l'histoire savait qu'un idéal de « grandeur », cet idéal fût-il inaccessible et sublimé, souvent mystique sinon purement verbal, constitue un but qui laisse, s'il est poursuivi avec toute l'ardeur de l'esprit et du cœur, dans le sillage même de notre échec à l'atteindre, quelque chose qui ressemble fort à une civilisation. Et de fait, toute notre trajectoire qui va des dieux de la Grèce antique au judéo-christianisme, et qui traverse l'histoire de celui-ci, est la conséquence d'une dynamique mise en œuvre par cette foi et rien que par cette foi. Quand bien même le but final serait pour l'homme hors de portée, sa poursuite à elle seule demeure une source de création, d'inventivité, de progrès et d'accomplissement. Personne ne savait mieux que de Gaulle que la civilisation occidentale était née de cette tâche, au fond impossible à accomplir : combler l'écart qui sépare la misérable réalité humaine du mythe de l'homme que celui-ci, par amour de soi, se sera plu à édifier.

Peu d'hommes dans l'histoire ont partagé avec lui cet étrange privilège — celui de susciter notre intérêt pour *eux-mêmes* bien plus que pour leurs réalisations effectives. Pendant des années, j'ai été conscient d'assister aux exploits d'un très grand artiste. À cet égard, ce que de Gaulle a accompli est sans précédent, et je crois que c'est là que réside tout le secret de l'homme. *Usant d'une habileté fantastique et d'un don nonpareil, il a incarné, comme on le dit d'un acteur, dix siècles d'histoire de France.* Avec ces éléments historiques — et histrioniques — que tous les Français connaissent par cœur depuis l'école, avec des débris du passé, avec des morceaux appartenant à tous les Louis, avec cette lumière qui continue faiblement à nous atteindre depuis les étoiles mortes de notre glorieux passé, avec des éclats de pierre provenant de toutes nos cathédrales et de tous nos sanctuaires, de nos musées et de nos légendes, avec son génie, sa compétence, sa rigueur dans l'exécution, son fabuleux savoir-faire et son indéniable sagacité, il a bâti un être mythologique connu sous le nom de De Gaulle, auquel il se référait assez justement à la troisième personne, à l'instar d'un écrivain se rapportant au titre de son opus magnum. C'est cette œuvre d'art, cette création de soi qui comblait l'écart entre la magnificence du passé et les minables réalités du présent, qui éveillait comme par magie l'illusion de la continuité, et témoignait d'une future et immortelle grandeur. Ainsi, quelques notions clés d'histoire, profondément enfouies dans la mémoire subliminale et l'inconscient collectif des Français, étaient utilisées par cet *actor* et *auctor* de génie pour créer ce « Moi, de Gaulle » qui touchait de manière irrésistible, fût-ce chez les plus sceptiques des Français, la corde toujours sensible de la nostalgie.

Jamais auparavant un homme ne s'était servi avec autant d'adresse d'un passé révolu en vue d'un dessein qui n'en était pas moins précis, conscient et calculé. Si de Gaulle, jusqu'à la toute dernière heure, a exercé sur les Français une telle fascination, ce n'est pas seulement parce qu'il avait redonné vie au passé, mais parce qu'il avait su jouer son rôle, parce qu'il l'avait donné en représentation avec une conviction si profondément contagieuse que le charme de l'acteur continuait à s'exercer sur l'assistance longtemps après qu'il avait lui-même quitté la scène.

Qu'il est étrange pour un écrivain connu partout en France comme étant un « gaulliste inconditionnel », de constater qu'en cette heure de deuil il sourit et se sent le cœur léger, alors que, dans ce pays, il n'est pas un champ, un fleuve ou une ruelle de village qui ne déborde de l'absence d'un seul homme, et que le chagrin ajouté à une sorte d'incrédulité assez frappante se lit autour de lui sur le visage de chaque Français. Mais comment pourrais-je éprouver autre chose que de la fierté et une gaieté triomphante, à cette heure d'une pureté cristalline où l'homme en qui j'ai placé tout mon amour et toute ma confiance durant trente ans quitte le monde en ayant honoré toutes les clauses du contrat tacite qu'il avait signé avec nous en ces jours sombres de 1940, lorsque la France, brisée et souillée, était écrasée sous la botte nazie ? Pas une seule promesse non remplie, pas une seule parole non tenue, pas une seule tache sur le visage de la « princesse des contes », de la « madone aux fresques des murs », comme il se plaisait à surnommer la France. L'homme n'est plus, mais ce qui demeure et qui mènera la vie dure aux médiocres, aux menteurs, aux truqueurs, aux accapareurs du pouvoir et aux cyniques, c'est un *précédent*, lui-même magnifié par la stature de l'homme qui aura créé ce précédent. Pour la première fois de toute son histoire moderne, le peuple français a *un point de référence*. Et c'est pourquoi il se pourrait bien que la plus grande œuvre de De Gaulle soit posthume, et que sa disparition marque le pays beaucoup plus profondément que tout ce qu'il aura pu accomplir en tant que chef d'État. Il se pourrait bien qu'à sa mort de Gaulle exerce plus de pouvoir en France qu'il n'en a jamais exercé de son vivant.

Et en ce moment, à l'heure où j'écris ces mots, la vraie raison du chant qui s'élève dans mon cœur comme celle qui provoque l'exaltation secrète et la légèreté presque juvénile de mon humeur, m'apparaît aussi clairement que cette petite chapelle qui se détachait contre le ciel, là-haut, sur la colline de la Vieille Forêt, au-dessus de Sainte-Mère-Église.

Quand bien même ce nouvel exil serait de loin plus définitif que celui de 1940 qui le conduisit en Angleterre, nul ne pourra plus nous priver de lui. Pas la moindre trace de politique ne souillera plus ses semelles. Plus que jamais, il est à présent ce qu'il n'a cessé d'être pour nous depuis le début : une force morale, un courant spirituel, une foi dans l'homme, dans un ultime triomphe de l'homme, une lumière.

L'homme qui connut la solitude pour sauver la France
(Décembre 1958)

Pour le public américain et, plus généralement, pour le monde en dehors de la France, le général Charles de Gaulle a toujours été quelque peu mystérieux. Depuis 1940, époque où il refusa d'obéir au gouvernement de Vichy et s'enfuit à Londres pour assumer la direction de la France libre, il a été décrit tour à tour comme un autocrate, un dictateur en puissance brûlant d'exercer un pouvoir absolu, un réactionnaire dont la totalité des points de vue était incompatible avec les temps modernes, ou encore, plus gentiment, comme un rêveur qui continue à interpréter le rôle que son pays joue dans l'histoire en des termes appartenant au passé. Aussi, pour être franc, l'auteur de ces pages doit-il commencer par avouer qu'il a ressenti personnellement, durant ces derniers mois, un immense plaisir à chaque fois qu'il a prêté l'oreille aux petites exclamations de trouble, de délectation ou d'embarras, que les éditorialistes ont fait retentir d'un bout à l'autre de l'hémisphère occidental quand les actions menées au pouvoir par de Gaulle opposèrent à ces confortables préjugés un démenti cinglant par le seul fait qu'elles manifestaient chez lui une puissante tendance libérale dénuée de toute équivoque — ce qui n'a fait au demeurant que le rendre encore plus énigmatique.

Alors qui est Charles de Gaulle ? Quelle est la qualité qui a pu entraîner une nation tout entière à se tourner vers lui par deux fois à un moment de détresse ? Qu'entend-il par ce mot de « grandeur » qu'il a toujours à la bouche ? Que pense-t-il de la démocratie ? Quels sont ses convictions, son dessein, ses contradictions, ses défauts, ses ambitions ? Bref, pour employer une bonne vieille expression américaine, *what makes him tick ?* Quel démon l'habite ?

Le meilleur portrait de Charles de Gaulle dont nous disposons est la nouvelle Constitution française — sa Constitution. Tout est là en effet : la conviction de l'infaillibilité du peuple français, la vieille idée républicaine que la démocratie est un système de gouvernement conçu pour permettre au meilleur homme de gagner, la confiance fortement idéaliste en l'humanité, à laquelle s'ajoute la bonne volonté de jouer la carte de la grandeur de l'homme plutôt que de rechercher d'incessantes garanties contre sa perversité. Mais avant tout, la Constitution reflète la croyance optimiste de De Gaulle dans le fait que les peuples de toutes races et de toutes religions peuvent vivre et travailler ensemble dans la paix et l'harmonie.

Il aura fallu à de Gaulle des années de rêves, d'action, de tragédie, de patience et de révolte ouverte, de solitude et d'ovation publique, d'étude et de méditation, pour se retrouver enfin dans la position extraordinaire où il a pu non seulement présenter au peuple de France cet autoportrait d'un homme d'État du milieu du XXe siècle, profondément imprégné de la tradition occidentale libérale et humaniste, mais également pour voir cette Constitution adoptée par quatre-vingts pour cent de ses concitoyens comme la loi fondamentale de la nation.

Déjà dès 1930, lorsqu'il n'était encore qu'un jeune écrivain militaire et un pénétrant étudiant en histoire, de Gaulle faisait observer à un de ses camarades officiers qu'une vision profondément pessimiste de l'homme et de sa nature dominait la vie politique de la France. L'effort le plus conséquent que les législateurs français eussent jamais accompli avait consisté à mettre en place un système de gouvernement dans lequel aucun homme d'État ne pouvait se trouver dans la situation de donner le meilleur de lui-même — une conception qui reposait elle-même sur le présupposé que quiconque serait placé dans une telle situation ne pouvait être autrement que mauvais. La crainte qu'un « élément personnel » pût entrer en ligne de compte dans l'acte de gouverner était telle que, sous la IIIe République, le parlement se mua presque automatiquement en une sorte de guillotine décapitant toutes les têtes un peu singulières qui tentaient de s'élever au-dessus de la ligne d'horizon. En conséquence de quoi, de Gaulle eut à assister, à deux reprises au cours de son existence, à ce triste spectacle : le naufrage des vaisseaux de la République avec, à leur tête, un personnage dénué de toute vigueur, pendant que sur le pont se disputent six cents capitaines. Il parvint ainsi à la conclusion que les lois organiques de la France avaient été conçues de façon à ce qu'il ne fût jamais donné à la nation de reconnaître ses grands hommes, sauf à l'heure de leurs funérailles.

Ce n'était pas là une conclusion académique, détachée, impersonnelle. Ceux qui ont connu le jeune de Gaulle disent que son être tout entier semblait aspirer à incarner cette grandeur. Son père était professeur de philosophie dans un collège de jésuites à Paris et, sous sa direction, de Gaulle a été si pleinement absorbé par l'étude de l'histoire qu'on eût dit parfois que les figures de légende qui peuplent le passé de la France lui paraissaient bien plus vivantes que les êtres qui partageaient sa chambre ou se trouvaient assis à sa table. Tous ceux qui l'ont connu à cette époque étaient sûrs qu'il rêvait ardemment d'occuper une place dans l'assemblée des hommes illustres, non par l'effet quelconque d'un vulgaire appétit de pouvoir, mais parce qu'il voulait s'offrir lui-même à son pays. C'est pour vivre encore plus étroitement avec tous ces modèles qui lui indiquaient le chemin, et, peut-être même un jour, pour leur emboîter le pas, que de Gaulle avait d'abord eu l'intention de devenir professeur d'histoire. Cependant, à l'époque, tout était fait dans les institutions publiques pour que son rêve ne se réalisât jamais — sauf en cas de guerre. Il choisit par conséquent la carrière militaire.

Quand, cette année-là, la nation plaça

son sort entre les mains de De Gaulle, la première chose que fit celui-ci fut de soumettre à l'appréciation de celle-là une Constitution qui redonnât à l'individu la possibilité de marquer les enjeux et qui misât sur la dignité autant que sur la fragilité humaines. Celui qui agissait ainsi créait de la place pour de Gaulle lui-même.

La véritable signification de la révolution gaulliste — cette révolution toute légale — est qu'elle abolit la vieille contradiction qui existait entre la confiance que les Français placent philosophiquement en l'Homme et le refus des hommes politiques français de gouverner en pariant sur l'objet de cette confiance. Le pouvoir inédit donné au président de dissoudre l'Assemblée et de participer au Conseil des ministres donna lieu à un débat houleux qui se dissipa comme par enchantement dès lors que la nation en approuva sincèrement le principe.

Bien que de Gaulle ne répondît jamais personnellement à ceux qui, comme Pierre Mendès France, s'opposèrent à la nouvelle Constitution en se basant sur le fait que les impressionnants pouvoirs dont jouit à présent le président pourraient échoir à un homme dénué de tous scrupules ou à un incapable, son point de vue peut néanmoins être résumé autoritairement de la façon suivante : « Il est impossible de concevoir une Constitution française en présupposant que l'homme politique élu par le peuple français pour occuper la charge la plus haute de la République aura des intentions néfastes. De surcroît, à l'ère de la bombe à hydrogène, il n'y a rien, et a fortiori aucune constitution, qui puisse nous assurer que l'homme ne se retournera pas contre lui-même. Il n'y a pas un seul texte écrit qui puisse empêcher le président des États-Unis ou le Premier ministre britannique d'abuser du pouvoir qui leur a été confié. La garantie que l'on peut souhaiter ne réside dans aucune loi écrite mais dans la tradition démocratique occidentale et son postulat sous-jacent selon lequel l'homme qui détient la plus haute responsabilité ne saurait, à la place qu'il occupe, manquer de dignité. »

Il demeure malgré tout évident que pour certaines personnes étrangères à la France, il n'y aura jamais rien à redire au fait que le président des États-Unis ou le Premier ministre britannique exerce un tel pouvoir, alors qu'il s'agit d'une tout autre affaire quand les mêmes pouvoirs sont détenus par le président de la République française.

On prétend qu'au cours d'un récent Conseil des ministres consacré à la question de la bombe atomique, De Gaulle aurait fait un commentaire grinçant sur ces curieuses insinuations selon lesquelles ce qui est sans danger entre les mains des États-Unis ou de la Grande-Bretagne ne le serait pas entre les mains de la France. À cette époque, une rumeur laissait entendre que les alliés occidentaux ne se sentaient pas trop enclins à voir la France détenir cette arme intéressante, et qu'ils lui avaient même fermement conseillé de ne pas gaspiller ses ressources et son énergie à en développer une. On raconte que de

Gaulle aurait dit : « Si la Russie, l'Amérique ou l'Angleterre arrivent sur la lune à bord d'un vaisseau spatial et sont les premiers à y planter leur emblème national, leur exploit sera vu comme une extraordinaire réussite scientifique. Mais si la France envoie une fusée sur la lune et y plante son drapeau, cela sera interprété tout simplement comme une nouvelle démonstration du colonialisme français. »

Depuis l'époque où Franklin Roosevelt exprima pour la première fois son très remarquable sentiment, à savoir que de Gaulle se prenait pour Jeanne d'Arc, il est arrivé fréquemment aux Français séjournant aux États-Unis de s'entendre rappeler — cette opinion, pour avoir fait le tour du monde, en devient fatigante — que le général qui utilise constamment l'expression « grandeur de la France » est un anachronisme vivant, et que l'homme, non moins que ses convictions, remonte à quelque lointaine époque de chevalerie. De Gaulle n'étant certes pas sans ressembler physiquement à un chevalier du Moyen Âge, on en a donc vite fait de conclure que c'est l'épée à la main que ce dangereux croisé en puissance s'était résolu à conduire son pays sur les chemins de la « grandeur ». Lorsqu'on s'aperçoit tout de même que le seul fait de se référer concrètement à telle ou telle idée de la grandeur fait se recroqueviller de peur et trembler de colère les démocraties d'Occident, on ne peut s'empêcher de songer avec tristesse à l'état dans lequel celles-ci doivent bien se trouver. Et l'on éprouve alors le besoin de demander au monde occidental s'il considère vraiment l'homme comme un parangon de petitesse, et si la démocratie doit être conçue comme une machine à éviter les sommets, ou bien encore comme un bel effort accompli pour que tout le monde puisse ensemble se vautrer dans la médiocrité.

De ce fait, il est aussi important pour les alliés que pour les ennemis de la France, qui auront à traiter avec le futur chef de la Ve République, de regarder d'un peu plus près ce que signifie la locution « grandeur de la France » dans le vocabulaire de Charles de Gaulle. Ils en trouveront la définition dans les toutes premières phrases de ses *Mémoires de guerre*, dont le premier volume est paru sous le titre *L'Appel*. Ce passage tant cité se déroule ainsi : « Ce qu'il y a, en moi, d'affectif imagine naturellement la France, telle la princesse des contes ou la madone aux fresques des murs, comme vouée à une destinée éminente et exceptionnelle. J'ai, d'instinct, l'impression que la Providence l'a créée pour des succès achevés ou des malheurs exemplaires. »

Ces lignes indiquent très clairement ce que leur auteur entend par « grandeur de la France ». Il s'agit essentiellement d'une grandeur spirituelle, d'une grandeur à laquelle on ne peut atteindre par la puissance des armes. En effet, une telle définition exclut l'emploi de la force en tant qu'instrument politique. Car si la France doit apparaître aux yeux du monde comme « la princesse des contes » et « la madone aux fresques des murs », il est bien évident qu'il lui faut échapper à tout reproche, qu'il lui faut convaincre et attirer par son seul rayonnement, et non pas conquérir par l'exercice de la force. La définition exclut toute idée d'impérialisme, de colonialisme et de fascisme ; elle ne peut pas non plus cautionner les injustices sociales ni les discriminations raciales.

Le fait est que la vision gaullienne de la France impose à son auteur une ligne de conduite qui est absolument incompatible avec l'aventurisme en politique. La distinction entre la légalité et la dictature est aussi claire à ses yeux que la distinction entre l'amour et le viol. Telle est sans doute chez lui la seule empreinte de la France médiévale : ne serait-ce, en effet, que par cette attitude de courtoisie infinie et de respect dont il témoigne à l'égard de la femme qu'il a aimée, le comportement de De Gaulle n'est pas si éloigné des règles chevaleresques auxquelles se conformaient les nobles de ce temps-là. C'est ainsi qu'il n'a jamais manqué, dans ses rapports avec la France, aux bonnes manières requises en présence d'une grande dame.

Voilà en quoi réside sa formidable force morale, comme aussi peut-être sa vulnérabilité en tant qu'homme d'État. Il n'est que trop évident qu'une conception aussi élevée de sa tâche peut être tout sauf paralysante. Toutefois, en demeurant fidèle à la vision gaullienne de la princesse des contes et de la madone des fresques, la France risque de connaître le même sort que celui qui frappa, dans un célèbre roman du XVIIIe siècle, l'héroïne de *Paul et Virginie*. La pureté de cette adorable jeune fille était telle que, lorsque son navire fit naufrage, elle préféra se noyer plutôt que de se dénuder et d'apparaître impudique aux yeux de son sauveteur.

Une telle soif de vertu au sens le plus absolu du mot ne s'accorde peut-être pas tout à fait avec l'esprit de l'époque dans laquelle nous vivons. Jamais auparavant dans l'histoire nous n'avions fait un si grand cas du succès politique en tant qu'il se substitue opportunément à l'exercice d'une conscience éclairée. Il n'empêche que le fait de concilier la vision si idéaliste de De Gaulle avec la difficulté qu'il y a à régler toutes les questions en même temps — l'insuffisance des salaires, l'extension des bas quartiers, la mise à jour des lois fiscales, le manque de débouchés pour la jeunesse française, l'accroissement du coût de la vie, la cruelle lutte raciale en Algérie, la gamme très étendue des problèmes internationaux —, tout cela, donc, pourrait bien devenir une gageure quasi insoutenable.

Il a toujours été difficile pour les étrangers de comprendre exactement ce que le peuple français voit dans de Gaulle, d'où il tient ce mystérieux pouvoir d'attraction qui, à deux reprises dans l'histoire, a unifié la nation tout entière autour de son nom. La réponse réside aussi bien dans la nature de la France que dans la personnalité de De Gaulle.

En tant que nation, la France ne se sent jamais tout à fait elle-même quand ses dirigeants politiques ne sont pas au même titre des chefs spirituels. Cette nation — qui se présente surtout comme le berceau du rationalisme — est en fait toujours à la recherche de quelqu'un qui parlerait à son âme. Il n'existe pas d'autre raison au rôle remarquable qu'ont joué dans l'histoire, dans la politique et dans la vie de la nation, les poètes, les philosophes et les écrivains. Victor Hugo, Chateaubriand, Lamartine, Malraux ont tous tenu des positions clés au gouvernement, alors qu'il est fort douteux que les États-Unis et la Grande-Bretagne eussent jamais confié la charge de conduire les affaires de la nation à un William Faulkner, un Eugene O'Neill, un Lord Byron ou un William Shakespeare.

Ce désir impérieux s'enracine très profondément dans le passé, lorsque la France devint pour la première fois la « fille aînée de l'Église ». De Gaulle lui-même est un homme profondément religieux : durant toutes les années passées dans son village de Colombey, il n'a pas manqué une seule fois la messe. En étant essentiellement un guide spirituel, de Gaulle répond parfaitement à ce besoin spécifiquement français d'« élever le débat », c'est-à-dire de se saisir d'un problème à son plus haut niveau. Il n'est pas jusqu'à son manque de chaleur qui ne rassure les Français, le Général leur donnant le sentiment qu'une telle froideur résulte du climat qui règne sur les cimes de l'esprit.

Intentionnelle chez de Gaulle, cette absence de chaleur est étudiée et exprimée conformément aux règles dont il traça lui-même, à quarante-deux ans, le principe dans son livre *Le Fil de l'épée*, livre qui analyse les ressorts du commandement qui devrait incomber à l'avenir à quelque homme providentiel vers lequel la nation pourrait se retourner à un moment de crise. Ce chef futur, écrit-il, doit garder ses distances, éviter toute familiarité, conserver en lui une part de mystère. Plus tard, dans *L'Appel*, de Gaulle racontera comment, le moment venu, il appliqua ses propres idées relatives au caractère obligatoirement réservé du chef, afin de continuer à symboliser la « résurrection » aux yeux de la France occupée. En quelques rares phrases, toutes tendues, brèves, presque énoncées à contrecœur, il évoquera le prix élevé qu'exigea de lui l'obligation presque trop lourde d'avoir eu à se choisir des compagnons parmi les êtres humains.

Toujours est-il que cette technique connut une réussite formidable. Lorsqu'il arriva à Londres en 1940 pour prendre la tête de la Résistance, son nom ne disait rien à la population française. Ensuite, durant les quatre années qui suivirent, les nouvelles de la situation solitaire de De Gaulle n'ont pas cessé de parvenir à la France occupée comme si elles lui arrivaient d'une autre planète. Il était invisible, il était loin, vraiment loin, et pourtant il n'en était pas moins présent dans le cœur de son peuple : véritable légende, prenant de plus en plus d'ampleur à travers la brume de l'espoir et du désespoir. Sa voix juvénile et vibrante — elle ne s'est pas modifiée jusqu'à présent — atteignait les Français à travers les ondes de la BBC, et ils risquaient leur vie rien qu'à l'écouter. La mort était la peine encourue par tous ceux qui possédaient sa photographie, et ce n'était pas sans fierté qu'ils regardaient son portrait publié clandestinement.

Tout au long de ces années, de Gaulle ne pouvait se permettre de se montrer aux yeux des autres comme un simple être humain. Il lui fallait devenir une légende. La tâche politique qu'il s'était imposée paraissait sans espoir, et, à cet égard, il reconnaît dans ses *Mémoires* avoir souvent failli flancher. N'était-il pas privé de pays, condamné à mort dans sa propre patrie, et n'ayant à ses côtés que quelques milliers de volontaires ? Sans compter qu'il lui fallait encore convaincre Churchill d'abord, Roosevelt ensuite, qu'il incarnait comme tel la France invaincue. Au même moment, il devait convaincre le peuple français, ou du moins la majorité de ceux qui, en ce temps-là, s'étaient aveuglément ralliés au maréchal Pétain, que c'était lui, et non le régime collaborationniste de Vichy dirigé par ce dernier, qui les représentait vraiment.

C'est alors qu'il commença à parler de

lui-même à la troisième personne. Cette pratique, qui s'est poursuivie jusqu'à ce jour, n'est pas dénuée d'humilité, s'il est vrai qu'elle vise à montrer que l'individu est bien conscient qu'il ne se confond pas avec la légende, que son nom seul participe de l'histoire, alors qu'il est lui-même brièvement de passage sur terre. Il commença à se comporter presque comme s'il était déjà une statue élevée au beau milieu d'une place : froide, impassible, inaccessible en apparence. Quand les Français de la France libre placés sous le commandement d'un de ses lieutenants connurent leur première action victorieuse à Bir Hakeim, en Afrique du Nord, il avoua dans ses *Mémoires de guerre* qu'il éclata en sanglots — mais seulement après que la porte se fut refermée derrière le messager de la victoire. Il n'est presque jamais apparu en public sans que le drapeau français ne s'y trouvât également et qu'il fût lui-même assuré qu'on le vît bien en dessous. Conformément à sa technique d'éloignement, il s'abstenait tout simplement de tout contact direct afin que personne ne pût apprendre sur son compte plus de choses que ce qui pouvait nourrir le mythe de De Gaulle, cet homme qui était la France.

C'est ainsi que de Gaulle se rendit si impopulaire en Grande-Bretagne et aux États-Unis. Parce qu'il n'était personne, il *devait* s'entretenir d'égal à égal avec Churchill et Roosevelt ; il *devait* sans arrêt, et de manière agaçante, revendiquer ses droits ; il *devait* parler comme s'il était l'incarnation de la France. Sa seule force consistait en ce pouvoir de conviction qui émanait de sa voix quand il parlait comme s'il était à lui tout seul quarante millions de Français.

Tout le monde connaît la fameuse phrase que l'on prête à Churchill, selon laquelle l'emblème gaulliste, la Croix de Lorraine, était la plus lourde croix qu'il eût eu à porter durant la guerre ; on ne connaît sans doute pas aussi bien la réponse que lui fit de Gaulle. On dit en effet que de Gaulle aurait fait ce commentaire : « Si l'on considère que les autres croix que Churchill a eu à supporter étaient l'armée allemande, la guerre sous-marine, le bombardement de l'Angleterre et les menaces d'anéantissement, alors, quand il dit que la plus lourde de ces croix était de Gaulle, cela ressemble assez à un hommage rendu à un homme seul, sans armée, sans pays, et tout juste suivi par quelques-uns. » Quant à Churchill, il dit lui-même plus tard de De Gaulle : « Toujours, même quand il était en train d'agir de la pire des façons, il paraissait exprimer la personnalité de la France — cette grande nation pétrie d'orgueil, d'autorité et d'ambition. »

Voilà donc la raison pour laquelle il est arrivé que ce général tout récemment promu, qui avait quitté la France en 1940 alors qu'il était encore totalement inconnu, revînt chez lui quatre ans plus tard pour y être accueilli en héros. Certes, il avait acquis son éminente stature grâce à la réussite d'une action exceptionnelle, mais cette stature était elle-même magnifiée par son éloignement. C'est cela qui laissa sur de Gaulle une empreinte indélébile — au point qu'il n'est personne qui puisse se prévaloir de compter parmi ses amis intimes. Les seuls vrais proches de De Gaulle tout au long de ces vingt dernières années ne sont autres que les membres de sa famille : sa femme, ses deux filles, dont une seule a survécu, son fils, ses trois petits-fils ; tout le reste s'appelle la France.

Ce serait toutefois une erreur d'imaginer que de Gaulle est un bloc de granit qui n'aurait jamais changé. Il n'est plus tout à fait le général qui, il y a douze ans, avait démissionné avec fracas de la présidence du Conseil pour avoir clairement constaté son impuissance à gouverner au milieu de l'anarchie parlementaire de l'époque. Car il ne fait aucun doute que, depuis, de Gaulle a souvent connu les affres des examens de conscience et des remises en question ; il a aussi largement soupesé l'idée, si souvent exprimée par lui, qu'il n'était armé que pour venir à bout des événements dramatiques de l'histoire, et non pour gérer au quotidien la vie politique d'une nation.

Il n'en est pas moins incontestable que ces douze années l'ont également marqué du sceau de leur tragédie. En l'occurrence, cette tragédie ne résultait pas seulement de sa solitude et de son impuissance, non plus qu'elle ne provenait exclusivement de ces doutes qui ont dû assaillir l'homme qui sentait le destin lui filer entre les doigts. Cette tragédie avait une origine autrement plus profonde. La tragédie personnelle dont Charles de Gaulle souffrit pendant ces douze dernières années réside en vérité dans le fait qu'il prit clairement conscience que son retour à la barre du pays ne pouvait avoir lieu qu'au terme de la destruction complète de tout ce qu'il aimait.

À l'une de ces petites réunions d'anciens combattants qui se déroulaient dans son village — seules manifestations publiques auxquelles de Gaulle participait régulièrement depuis son retrait de la vie politique —, un ex-sergent se rendit pour lui demander (c'était à une époque où l'on assistait au renversement d'un gouvernement après l'autre) : « Mon Général, ne vont-ils pas finir par vous rappeler ? » Il entendit alors de Gaulle lui répondre :

« Je ne crois pas. Les choses ne vont pas si mal que ça. »

Rarement, pour ne pas dire jamais, l'accomplissement du destin personnel d'un grand patriote aura dépendu aussi pleinement de l'effondrement de tout ce qu'il aurait défendu. Dans son domaine, à Colombey-les-Deux-Églises, il eut en effet à attendre que la France fût saignée à blanc en Indochine ; que la colossale erreur de Diên Biên Phu marquât le désastre des armes de la nation ; que l'agitation en Afrique du Nord atteignît en Tunisie et au Maroc un point de non-retour, et prît en Algérie de manière atroce une tournure sanglante ; que les partis politiques imposassent au pays une loi électorale conçue de manière à rendre inaudible la voix du peuple ; que la menace de la guerre civile et de la révolte armée jetât une ombre de déshonneur sur la face de la « princesse des contes ». De Gaulle semblait à jamais condamné à devoir attendre la ruine de la France.

Des contradictions aussi cruelles existent à tout moment dans la vie de De

Gaulle, au point qu'elles serviront, de manière bizarrement ironique, d'emblème à son destin. Ainsi a-t-il commencé par être le premier et le plus véhément défenseur de l'emploi d'armes blindées et de colonnes cuirassées mobiles dans les guerres de mouvement — mais ce furent les Allemands, et non ses compatriotes, qui l'écoutèrent et utilisèrent cette technique pour détruire les bataillons de l'armée française. De la même façon, alors qu'il a toujours professé que la discipline était une vertu essentiellement militaire, les deux moments les plus décisifs de sa carrière furent tout ensemble liés à l'insubordination : en 1940, quand il défia le gouvernement légal de Vichy et se plaça lui-même à la tête de la France libre en Grande-Bretagne, et en mai 1958, quand des partisans insoumis incitèrent le parlement, en menaçant d'une révolte armée en Algérie, à rappeler de Gaulle au pouvoir.

En fait, ce féru de discipline absolue n'a pas été loin d'établir, sinon une doctrine, du moins un précédent en matière de « désobéissance sacrée ». Il ne fait d'ailleurs aucun doute que la noble insubordination de De Gaulle en 1940 — acte totalement justifié — avait pour ainsi dire traversé l'esprit des jeunes colonels en Algérie durant leur tentative d'insurrection.

Le monde ne semble pas avoir mesuré à quel point la France était proche de la catastrophe durant ces jours tragiques de mai 1958, et à quel point (étant donné le refus des forces de sécurité de réprimer la rébellion en Corse ; l'attente sous pression de la marine dans les ports algériens ; la démission les uns après les autres, et en accord avec leurs camarades en Afrique du Nord, des proches du général ; la mobilisation des parachutistes prêts à monter dans leurs avions et à sauter sur la France) il est miraculeux que le sang n'ait pas coulé, qu'aucune victime n'ait été à déplorer, qu'aucune mitraillette n'ait été vidée dans ces rues de Paris qui ont déjà vu se dresser tant de barricades.

Si l'explosion a pu être évitée, c'est tout simplement parce qu'il y avait un homme nommé de Gaulle, assis dans son jardin, à

Colombey, tandis que les pilotes d'une unité d'instruction aérienne volaient au-dessus de lui en formant la Croix de Lorraine là-haut, dans le ciel. Car la seule force qui aura retenu les jeunes officiers en Algérie d'accomplir ce saut final et désastreux au-delà des limites de la légalité aura été de se rendre compte que de Gaulle n'aurait jamais accepté de recevoir la charge suprême de l'État des mains d'une armée en rébellion. En même temps, le parlement ne se tourna vers lui que parce que ce fait brutal s'était imposé à eux : il n'existait personne d'autre qui pût, à ce moment historique, réconcilier tout ce qui se sentait indigné, frustré et désespéré en France, avec tout ce qui était profondément attaché à la tradition républicaine de respect envers la légalité.

Mais c'était de justesse ! Une seule rafale d'arme automatique, une seule victime abattue lors d'un combat de rue, et il eût été trop tard. De Gaulle savait durant ces heures désespérées que la marge d'action était devenue presque trop étroite pour qu'il subsistât encore un espoir, et il le dit clairement dans le message qu'il adressa alors à l'ancien président de la République, le socialiste Vincent Auriol. Les heures du 13 mai étaient si annonciatrices de désastre national que les termes employés dans cette lettre rédigée à la hâte témoignent nettement de son extrême anxiété, presque d'un abandon au désespoir. « Bientôt, écrivit-il, il ne me restera plus rien d'autre à faire que de m'enfermer pour le restant de mes jours dans un profond chagrin. »

De Gaulle ne pouvait pas avoir émergé de ces douze années d'épreuves redoutables sans qu'il eût à subir un réel changement. L'homme a énormément souffert : il a regardé fixement la défaite dans les yeux. Voilà pourquoi l'on sent chez lui comme une humilité nouvelle, perceptible jusque dans le ton de sa voix, une certaine douceur dans les manières, une disparition presque totale de sa raideur d'hier. Ces changements ne tiennent pas seulement au fait que le temps a passé, ils résultent peut-être aussi de ce qu'il est désormais profondément convaincu qu'il ne suffit pas à l'être humain de se hisser au sommet d'un piédestal pour atteindre à la grandeur véritable.

C'est donc un de Gaulle différent qui se présenta en mai devant l'Assemblée nationale et témoigna aux six cents députés de sa reconnaissance et de son honneur à se trouver parmi eux en ce jour décisif. Bien que sa sincérité fût entière, il y eut néanmoins un député pour s'exclamer, avec une admiration éprouvée comme à son corps défendant : « Le vieux renard ! » C'était là le plus grand hommage qu'un homme politique pouvait rendre à un autre homme politique. Car il paraît évident que, pour s'assurer aujourd'hui une victoire politique, de Gaulle ne compte plus guère sur la puissance exclusive de principes élevés, il est bien plutôt décidé à employer toute l'habileté et la ruse dont il se sait capable. La démonstration en a été clairement faite lorsqu'il s'est agi, dans l'affaire des comités révolutionnaires en Algérie, de temporiser subtilement jusqu'au moment où il a reçu un écrasant soutien populaire, après quoi il a résolu soudain, et de manière décisive, d'interdire à l'armée de prendre part à ces comités, une décision à laquelle on obéit aussitôt. Ceux qui, à l'époque, sortaient de son bureau parlent avec étonnement de son pouvoir de persuasion, un terme que personne auparavant n'aurait songé à employer au sujet de De Gaulle. C'est qu'à présent celui-ci privilégie le contact personnel — une méthode qui doit sans doute beaucoup coûter à un homme qui aura adopté toute sa vie une attitude distante à l'égard d'autrui. On raconte d'ailleurs, à ce propos, que durant toutes ses années d'adolescence, lorsqu'il faisait chambre commune avec son frère, il lui a à peine adressé la parole. Aujourd'hui, en revanche, il est connu pour risquer à l'occasion des remarques personnelles — ce qui eût été tout à fait inconcevable chez le de Gaulle de jadis. Récemment, par exemple, un visiteur sortit stupéfait du bureau de De Gaulle ; tout le monde se précipita vers lui pour l'interroger, s'attendant à quelque révélation politique. L'homme secoua la tête. « Croyez-le ou non, dit-il, il a remarqué que j'avais perdu du poids et il m'a dit que j'avais meilleure mine. » Les autres, abasourdis, se regardèrent en silence.

Le vieil entêtement s'est transformé en volonté de convaincre. Les quelques opposants qu'il a encore en dehors du camp communiste le traitent avec une extrême courtoisie, ce qui a donné lieu parfois à certains retournements notables. Ainsi, de Gaulle passa un jour trois heures à débattre avec le socialiste Gaston Defferre, l'influent maire de Marseille, qui avait voté contre lui au parlement. Au terme de l'entretien, Defferre avait changé d'avis et soutenait de Gaulle.

Ce qui ne laisse pas d'étonner, cependant, c'est que de Gaulle est apparemment en train de prendre plaisir à la politique. J'en veux pour preuve notamment la loi électorale qu'il a conçue et qui, loin de favoriser ses propres partisans de droite, donne plutôt toutes ses chances à la gauche libérale. Cela l'entraîne alors à agir en arbitre, c'est-à-dire à se glisser dans un rôle purement politique. C'est ainsi qu'il a réussi, depuis qu'il est en fonction, par la seule influence de sa personnalité, d'une part à réduire considérablement la forte capacité de vote des communistes, lors des élections de la semaine dernière ; d'autre part à gagner l'appui des socialistes et des centristes, sans pour autant perdre quoi que ce soit de son pouvoir auprès de ses partisans de droite ; et enfin à reprendre totalement le contrôle sur l'armée en Algérie, alors qu'en même temps il proposait hardiment la paix aux insurgés. Tout cela, il l'a accompli sans qu'il eût eu à s'engager politiquement sur sa personne ou sa pensée. La droite a rendu possible son accession au pouvoir, la gauche non communiste lui a offert la caution de la légalité et de l'honorabilité en lui octroyant une majorité parlementaire. Si presque tous les partis vont maintenant se réclamer de De Gaulle, lui-même se gardera bien de se compromettre avec quiconque.

Sur de Gaulle

On a dit que De Gaulle adopte une attitude monarchique à l'égard du gouvernement, et qu'il considère tous les partis politiques comme « la chose du roi ». Mais il est plus probable que le général envisage plutôt la question en termes de stratégie, comme un commandant en chef. La droite et la gauche constituent simplement à ses yeux les deux ailes des forces de la nation, et il fera manœuvrer les deux pour atteindre son objectif — à savoir, bien entendu, la grandeur de la France. Il n'est pas jusqu'à son attitude à l'égard du Parti communiste qui ne rentre dans le cadre de cette dernière remarque, car c'est pour lui une grande source de regret qu'il y ait encore à sa gauche un vecteur du dynamisme et du talent français dont il ne peut se servir, et qui, pour cela, risquerait de s'étioler.

C'est dire que rien ne semble plus pouvoir demeurer en l'état dans les mœurs politiques françaises. De Gaulle observe les partis politiques d'un œil de fin connaisseur, froid et spéculatif, et il tentera de mettre à profit le meilleur de ce qu'ils ont à offrir en matière d'hommes et de programmes. Il y a quelques années, un écrivain citait en sa présence une définition de la démocratie parlementaire fondée sur une de ces vieilles recettes de cuisine pour lesquelles la France est si justement célèbre. Puisque cette recette a rencontré l'approbation de De Gaulle et qu'il a lui-même confié qu'il l'avait retenue depuis lors, il serait peut-être utile que je la répète ici. La voici : « Prenez dans le panier du parti une "vérité" politique, placez-la sous votre nez, humez-la soigneusement, assurez-vous de sa fraîcheur, retournez-la plusieurs fois pour voir ce qu'elle cache, puis mordez-en un tout petit bout, goûtez-y prudemment, commencez par la mâcher très lentement et précautionneusement, avalez-en un petit peu, et là attendez ; si vous ne ressentez aucune douleur, pas de convulsions, pas de sueurs froides, alors prenez tout votre temps et mâchez bien chaque morceau. Mais ne l'oubliez pas : soyez toujours prêt à recracher le tout. *Telle est la démocratie : le droit de tout recracher.* »

Peut-être, pour de Gaulle, le plus grand crime perpétré par la IVe République a-t-il consisté à donner naissance à une loi électorale conçue de façon à ne proposer presque aucun choix aux votants. Si vous aimiez Jean et votiez pour lui, vous deviez aussi vous payer Pierre, qui figurait sur la même liste électorale. Ensuite, vous aviez beau avoir Jean ou Pierre, leur parti ou leurs politiques en travers de la gorge, vous ne pouviez pas vous en débarrasser. En revanche, grâce à la nouvelle loi électorale, chaque homme est obligé de se mettre en lice tout seul et en son propre nom ; le président a la possibilité de dissoudre l'Assemblée et de renvoyer les députés devant leurs électeurs, lesquels peuvent alors soit les rejeter, soit reprendre un morceau de leur « vérité » politique. De sorte qu'il semble que la bonne vieille recette française ait enfin trouvé un chef qui veuille bien la mettre en œuvre.

Mais il n'en est pas moins évident que de Gaulle ne limite plus sa vision à la seule France. Ce n'était certainement pas un nationaliste vieux jeu qui criait aux foules d'Algérie, les bras levés dans ce geste que tout le monde connaît maintenant et qui semble vouloir embrasser le ciel tout autour : « Il n'y a que deux voies qui s'offrent aujourd'hui à l'humanité : la guerre ou la fraternité. La France a choisi la fraternité. »

Il est le premier homme d'État dans toute l'histoire de France à avoir proposé une indépendance totale et immédiate aux territoires d'outre-mer, à la condition toutefois que les peuples concernés la réclament par voie de référendum. Qu'il n'y ait eu que la Guinée à avoir choisi de se séparer de la France prouve d'abord que la lucidité peut tenir lieu de politique, et ensuite que l'idée enthousiaste que de Gaulle se faisait de la grandeur de son pays n'est peut-être pas aussi romantique et irréaliste que ce qu'on en a dit.

Toute la conception gaullienne du progrès relève, en substance, d'un engagement spirituel. Au cours d'une récente conversation avec un scientifique français qui lui décrivait les merveilles de la conquête spatiale à venir, de Gaulle fit cette remarque : « Il se peut bien que nous allions sur la lune, et cela n'est pas très éloigné de nous. La plus grande distance qu'il reste à couvrir gît cependant au fond de nous-mêmes. »

Ce point de vue profondément spirituel ne signifie pas que de Gaulle refusera d'œuvrer efficacement et rapidement en faveur du progrès matériel. Il faut se rappeler que durant les seize mois qu'il a passés au pouvoir entre 1944 et 1946, il était personnellement en charge de l'échelonnement et de l'application de nombreuses réformes sociales et économiques. Il nationalisa des secteurs fondamentaux de l'industrie, il introduisit un des programmes de sécurité sociale les plus ambitieux du monde, et il donna aux femmes le droit de vote pour la première fois. Sa conception de la dignité humaine est incompatible avec la pauvreté, la vie dans les taudis, les injustices sociales, les lenteurs et les retours en arrière. Il a dénoncé d'un côté l'antisémitisme, de l'autre le sentiment anti-arabe en Algérie. À la lumière de sa foi profonde en ce qu'il appelle « l'élément humain », il lui paraît impensable qu'il puisse y avoir encore, au sein de la communauté française, une classe sociale, une race, une minorité ou une majorité qui ne soit pas encouragée à produire au-dehors le meilleur de ce qu'elle est susceptible d'offrir au bénéfice de tous les autres — ne serait-ce que parce que le moindre manquement en ce domaine pourrait priver le pays de la présence de personnalités d'exception pouvant jouer, à l'instar de De Gaulle lui-même, un rôle décisif dans le destin de la nation.

Alors *quid* du futur ? Après une première période au pouvoir, de Gaulle pourrait très bien décider de rentrer à Colombey-les-Deux-Églises et observer de là comment les nouvelles institutions républicaines apprennent à se débrouiller sans lui. Il pourrait également demeurer en fonction aussi longtemps que la nation et sa santé le lui permettront. Mais quoi qu'il fasse, son empreinte durera sur la vie nationale française longtemps après qu'il l'aura quittée. Il a produit un exemple et défini des critères de conduite, qui, ne serait-ce que parce qu'ils ont été une source de succès, prendront leur place à l'intérieur de la tradition politique française.

Mais pour ce qui est des proches années à venir, les difficultés demeurent immenses. En plus des problèmes de haute volée qui relèvent de l'histoire du monde, de Gaulle doit encore faire face à ces problèmes terre à terre que pose à tout dirigeant la vie quotidienne d'un peuple : l'inflation, l'économie, les finances.

Voici pourtant la complainte que les Français ont eu l'habitude d'entendre le plus souvent au sujet de De Gaulle : « Mais cet homme est dépourvu de tout programme politique ! » La réponse, bien sûr, est que cet homme est porteur d'un dessein — et que le fait qu'un programme lui soit attaché devient de jour en jour plus manifeste, comme on peut s'en rendre compte avec la réforme révolutionnaire qu'il entreprend au sujet des relations à nouer avec les anciennes colonies. Certes, il garde ses intentions cachées. Mais la raison en est simple. Il a clairement indiqué dans ses livres de stratégie — et la politique n'est rien d'autre qu'une affaire de stratège — qu'il ne croyait absolument pas en des doctrines préétablies. Les décisions doivent être prises sur le terrain en fonction de la situation, et elles doivent toujours comporter un élément de surprise. Voilà pourquoi il a refusé jusqu'à présent d'engager sa parole sur n'importe quelle solution définitive en Algérie. Il s'y rend souvent — quatre fois depuis qu'il est de retour au pouvoir —, il y jauge l'atmosphère, y examine la nature du terrain et des forces en conflit, fait une rapide évaluation de la situation générale. Éventuellement, quand lui et le gouvernement sentiront le moment venir, on le verra agir à la vitesse de la lumière, d'une manière qui sidérera sans doute autant ses ennemis que ses amis. Tous les autres problèmes de politique interne qu'il affronte — le rôle de la

France au sein de l'O.T.A.N. et le Conseil de l'Europe, par exemple — seront traités de la même façon. Car de Gaulle considère qu'il est aussi dangereux pour un homme d'État d'afficher ses intentions longtemps à l'avance, que pour un général d'armée de divulguer ses plans à l'approche d'une bataille.

Mais quelle que soit la part du succès remporté dans la résolution de problèmes spécifiques, la place ultime de De Gaulle dans l'histoire dépendra probablement de quelque chose d'autre, de quelque chose de bien plus important. Elle dépendra en fin de compte de la solution qu'il apportera, ou manquera d'apporter, au conflit dramatique qui oppose en France la liberté et l'autorité, le progrès et la stabilité. Aucune République française, en effet, n'a jamais été capable d'observer le bon équilibre entre les deux. Le gouvernement a toujours fait montre d'une tendance soit à mourir d'une extension cancéreuse de liberté, soit à succomber à la *rigor mortis* d'un excès d'autorité. Bien sûr, la France n'est pas la seule à faire face à ce dilemme. C'est à vrai dire la survie en Occident de notre système démocratique tout entier qui dépend de la solution de ce conflit — sans doute le plus grand défi auquel l'homme moderne se trouve aujourd'hui confronté. Et ce n'est pas là un conflit entre l'Est et l'Ouest, étant donné que, tôt ou tard, la Russie soviétique, ses alliés et ses satellites seront amenés eux aussi à résoudre leurs propres problèmes de liberté.

De Gaulle est profondément conscient de l'universalité de cette question, et il est plus que significatif de le voir, lors de sa première tentative pour relever le défi — c'est-à-dire au moment où il élaborait la nouvelle Constitution de la France —, tout miser sur la grandeur de l'individu, sur son talent et sur sa dignité. De Gaulle croit aussi que son pays est le fer de lance de la civilisation, et c'est pourquoi il a bon espoir que, dans le cadre de ses nouvelles institutions, la Vᵉ République montrera encore une fois au monde entier où réside l'issue hors de ce dilemme qui est rapidement devenu pour l'humanité en général une question de vie ou de mort.

Il est évidemment tout à fait possible que de Gaulle perde son pari sur la grandeur de l'homme, et que ses illusions et ses convictions, tout comme l'homme lui-même, seront étudiées dans les écoles communistes du futur comme le dernier exemple typique de cette chose que la société matérialiste des marxistes abhorre par-dessus tout : l'idéalisme.

Mais ceux qui considèrent ce géant qui vous toise du haut de sa foi têtue comme un anachronisme vivant, comme quelque chose qui aurait soudain surgi du passé, ceux-là devraient alors reconnaître que le monde occidental ne repose plus guère sur grand-chose. L'approche spirituelle et idéaliste de la nature de l'homme a toujours été, en effet, la première de nos nourritures essentielles, notre unique inspiration et notre seul principe d'espérance. C'est encore la seule force qui puisse aujourd'hui nous empêcher de sombrer dans le totalitarisme et le matérialisme. Par conséquent, si la foi que de

Gaulle place en l'homme appartenait au passé, il faudrait dire que nous appartenons nous aussi au passé. Le fait est que, pour l'auteur de ces réflexions au moins, la réponse à fournir demeure toujours aussi valide, une réponse qui recèle notre plus grande chance et notre plus haut défi.

À mon Général :
adieu, avec amour et colère
(Mai 1969)

Mon Général,

Il y eut jadis, sur le continent Europe, deux pays : l'un s'appelait la France, l'autre s'appelait de Gaulle. Parfois, les deux pays semblaient se confondre remarquablement, mais ce n'était alors qu'une illusion d'optique créée par le Vieux Magicien qui, de son ombre magnifique, avait si largement recouvert le pays de France que celui-ci paraissait bien plus grand et bien plus important qu'il ne l'était en réalité.

Peuplé de figures de légende, rois et héros, attachés par-dessus tout à poursuivre un idéal de grandeur, le pays de De

Gaulle était plus que millénaire. En revanche, le pays nouveau, la France, n'était pas plus ancien que les premiers réfrigérateurs, les systèmes de crédit, le fait d'avoir une voiture par famille, la sécurité sociale, les augmentations de salaires. La France était composée de cinquante millions de mini-Français, eux-mêmes assez faibles et ayant tous marre de l'Histoire, des mots comme « grandeur », « destin », « devoir ». Surtout, ils en avaient assez de rivaliser avec le pays de De Gaulle et d'essayer de paraître plus grands qu'ils n'étaient. Ces mini-Français étaient connus pour être des petits-bourgeois ; aussi, un jour, avec l'aide des vingt-trois pour cent de la population qui s'appelaient petits-marxistes et vivaient dans l'ombre de la Russie de la même façon dont les petits-bourgeois vivaient dans l'ombre de De Gaulle, ils se rassemblèrent et prononcèrent ensemble le seul vocable que le Vieux Magicien ne pouvait souffrir : le mot « non ». Subitement prit fin une très longue période où l'on n'avait pas cessé de faire semblant. Le pays de De Gaulle fut mis en miettes, le nouveau pays lui ravit la place et annonça que, désormais, il répondrait à l'appellation inédite de Mini-France.

À l'issue de cette remarquable poussée d'humilité, la Mini-France n'avait pas seulement triomphé du pays de De Gaulle : elle avait aussi effacé d'un vigoureux coup de balai nombre de ces mensonges qu'il élevait au sujet de lui-même et qu'il chérissait tout particulièrement — légendes, mythes, nobles clichés, aussi bien que véritable beauté et grandeur —, comme si un petit « non » avait pu suffire à en conjurer l'existence. Depuis, chaque mini-Français peut espérer posséder un meilleur système de téléphone, davantage d'autoroutes, de meilleurs logements, des salaires plus élevés, et croire qu'avec un peu de chance il appartiendra un jour à un État semblable au Danemark, à la Suède, ou peut-être même à l'Allemagne. Touchons du bois.

N'est-il pas étrange, mon Général, que vous, qui aviez été le premier dans les années trente à alerter la France au sujet de sa sécurité, quand elle se berçait d'illusion derrière la Ligne Maginot, ayez fini par remplir vous-même le rôle d'une sorte de Ligne Maginot mythologique, derrière laquelle s'abrite une nation non préparée à affronter le monde moderne de la puissance économique et technologique, comme la France de 1940 ne l'était pas non plus pour faire face à une guerre moderne ? Il est vrai qu'en ce temps-là vous jouissiez encore de ce don presque inquiétant qui vous permettait de gommer, par votre seule présence altière, le manque de crédibilité dont souffrait la France réelle quand elle témoignait de son aspiration à devenir la grande puissance mondiale qu'elle n'était absolument pas. En 1940, alors que le pays vaincu se couchait devant l'ennemi, et que la plupart des Français soutenaient la politique de « collaboration » avec Hitler du maréchal Pétain, et alors même que Churchill se méfiait de vous, que Roosevelt vous haïssait et vous désapprouvait, et que Staline se moquait de vous, vous avez quand même réussi à convaincre ces alliés méprisants que vous étiez la France véritable, et que, par conséquent, vous étiez habilité à parler au nom de quarante millions de Français qui ne connaissaient même pas votre nom.

C'est à cette époque-là que nous nous sommes rencontrés pour la première fois. J'étais un des soixante-dix pilotes parfaitement entraînés, et prêts à se battre, dont pouvait se vanter votre « Force aérienne française », et à qui vous êtes venu rendre visite à Saint-Athan.

Comme je me rappelle bien cette voix jeune et stridente, cette voix presque de fausset, déclarant : « Les Allemands perdront car, malgré leurs engins de guerre modernes, leur esprit s'apparente à une barbarie révolue. »

En ces jours tragiques, vous étiez un homme privé de pays, un « déserteur » condamné à mort par le gouvernement de Vichy, un général sans armée, un homme d'État dépourvu de tout soutien populaire — et malgré tout cela votre force intérieure et le poids de vos convictions, votre confiance en vous-même et votre franche détermination étaient tels, qu'en l'espace d'une année vous êtes devenu la France aux yeux du monde entier. Même Roosevelt, à la fin, avait dû s'incliner devant une telle évidence. C'était là un cas unique dans l'histoire : un général en exil conquérant politiquement son propre pays, au point qu'en 1944 la majorité en faveur de Pétain s'était transformée en une majorité pour de Gaulle. À partir de 1945, vous étiez probablement la figure la plus populaire de l'histoire française contemporaine, et après avoir incarné avec tant de succès la France de 1940 à 1946 vous assumiez une nouvelle fois brillamment ce rôle du 1er juin 1958 au 27 avril 1969.

Durant les onze années où vous étiez absent de la scène, le mot France était parvenu à signifier huit ans de guerre coloniale en Indochine, le désastre de Diên Biên Phu, sept ans de guerre infâme en Algérie, la chute du franc, vingt-quatre gouvernements successifs, et l'idée d'aller piocher dans les poches des États-Unis pour renflouer les caisses de l'État. Durant onze ans, depuis votre retraite de Colombey, vous avez observé la honte et la laideur avec ce sourire un peu vache que je connais si bien.

Permettez-moi en effet, avec toute mon affection, de vous dire que vous pouvez quelquefois être assez peau de vache. Vous souvenez-vous de cet après-midi d'août 1940 à Londres, à St. Stephen's House ? La veille, j'étais passé en conseil de guerre pour une tentative avortée d'assassinat contre le chef d'escadrille de notre force aérienne. Il m'arrive encore de bouillir de colère en me remémorant cet homme chargé de nous interdire de combattre aux côtés des escadrons de la RAF, lors de la bataille d'Angleterre. Nous devions rester là, assis sur nos fesses, attendant que fût formée la première escadrille entièrement composée de Français. Assister impuissants à ces combats de chiens qui se déroulaient au-dessus de nos têtes, cela dépassait les limites du supportable. Nous tirâmes alors au sort et, bien entendu, j'ai eu droit à la corvée. Je pris l'homme dans mon avion et le secouai à six mille pieds d'altitude. Malheureusement, quelque chose a mal tourné avec son parachute : il s'est *ouvert*.

Convoqué devant vous, voici tout ce que, d'un air sombre, j'avais réussi à marmonner, tandis que vous me passiez un savon : « Je suis venu ici pour me battre. » La voix perçante s'est alors littéralement abattue sur moi : « Très bien, allez-y. Et n'oubliez surtout pas de vous faire tuer ! » Je fis claquer mes talons, dis : « Oui, mon Général », fis demi-tour et me trouvai déjà à la porte lorsque vous vous êtes adouci. Enfin presque : « Mais vous vous en tirerez. Il n'y a que les meilleurs qui se font tuer. »

J'étais pardonné : parfois il vous arrive d'être *vraiment* chaleureux.

J'estime pour ma part que votre renvoi par le peuple français signifie tout autre chose que la décision que de Gaulle ne devrait plus gouverner la France. Au risque de conclure à la légère, je sens qu'il s'agit là encore d'une preuve qu'à l'âge de l'informatisation, les « grands hommes » sont tombés en désuétude : la technique propre aux solutions économiques tendant de plus en plus à prendre le dessus en tant que puissance autonome, allant bien au-delà des courants idéologiques et des politiques, les sociétés capitalistes et communistes développées aboutissent à des décisions similaires au moyen d'une même approche technologique. Le temps est proche où le *leadership* en œuvre dans les sociétés férocement matérialistes consistera tout bonnement à mettre à exécution ce que les ordinateurs auront décrété.

Votre présence à la barre de la France, mon Général, avait de moins en moins de sens, étant donné que vos priorités étaient d'ordre spirituel, moral et souvent mythologique, ce qui à l'évidence paraît incompatible avec une société totalement matérialiste.

Il demeure néanmoins fort probable que la postérité vous considérera comme le plus grand paradoxe de notre temps. En effet, alors même que vous vous sentiez sincèrement engagé au service d'une France historique, spirituelle et mythologique — « princesse des contes » ou « madone aux fresques des murs », comme vous appelez votre aimée dans les premières lignes de vos *Mémoires de guerre* —, vous avez fait bien plus que toute autre figure nationale du monde occidental pour rompre avec le passé.

Vous avez entrepris la modernisation de la France. Vous qui avez tant de fois été accusé de vous prendre pour Jeanne d'Arc pouvez vous vanter d'avoir accompli tout seul la tâche titanesque de nous avoir débarrassés de « la France de papa », ainsi que vous l'appeliez vous-même. Vous avez, mon Général, donné leur entière liberté et leur indépendance nationale à toutes les colonies françaises d'Afrique ; et vous l'avez fait tout en conservant les bonnes grâces de leurs peuples et de leurs dirigeants (à l'exception de la Guinée). Vous avez donné l'indépendance à l'Algérie, à une époque où celle-ci faisait constitutionnellement autant partie de la France que le Texas des États-Unis. Dans le même temps, vous brisiez la révolte de l'armée et ses projets de coup d'État, et défendiez la République contre les tentatives terroristes qui visaient à la détruire.

Vous êtes l'homme d'État qui a accordé le droit de vote aux femmes.

Vous avez offert la totale citoyenneté aux Juifs d'Afrique du Nord venus en France. À cet égard, du reste, je ne connais pas d'homme qui soit aussi peu antisémite que vous — ne serait-ce que parce que les hommes vous paraissent tous égaux, vous qui préférez les regarder à votre manière plutôt que de les observer au travers d'un télescope géant.

Votre discours de novembre 1967 au sujet des Juifs — ce « peuple d'élite, sûr de soi et dominateur » — a provoqué l'indignation. Et pourtant, lorsque, parlant à la radio française en décembre, j'ai moi-même eu l'occasion de souhaiter une bonne et heureuse année à tous les Français — ce « peuple d'élite, sûr de soi et dominateur » —, nul n'a songé à protester. Les Français étaient contents.

Votre seule faiblesse à cet égard, mon

Général, est que, tout en n'étant pas le moins du monde antisémite, vous vouliez que les Juifs vous en soient reconnaissants et suivent vos conseils à propos du Moyen-Orient. Je suis sûr que vous vous êtes senti frustré quand ils ont interrogé les Écritures et qu'ils en ont déduit que vous n'étiez absolument pas Moïse. Après le raid israélien contre le Liban, où treize avions ont été détruits, dont plusieurs appartenaient à la France, vous vous êtes exclamé (permettez-moi cette indiscrétion) : « Ils m'ont désobligé » — une expression du XVIIIe siècle. C'est comme si vous vous étiez senti personnellement offensé par l'action des Israéliens.

Vous avez donné à la France une Constitution qui met un terme à l'ignoble jeu des gouvernements renversés ; et c'est pourquoi, même lors de votre défaite personnelle, la stabilité de votre parti s'est trouvée incroyablement confirmée par quarante-sept pour cent d'électeurs.

Vous étiez constamment accusé d'anti-américanisme. Pourtant, le plus grand service que vous ayez rendu aussi bien aux

Américains qu'aux Français fut de transformer un non-combattant de l'Intendance, vivant passivement d'aumônes américaines, en allié indépendant. Quand le président Kennedy m'a dit : « Mais il est certain que le général ne peut pas croire que l'Amérique veut dominer le monde ou la France », je lui ai répondu que les États-Unis *dominaient effectivement* le monde, non pas de manière intentionnelle, mais du fait de leur pouvoir et de leur économie. J'étais tout simplement en train de lui traduire votre conviction inébranlable. Plus tard, vous m'avez dit au cours d'un déjeuner : « Qu'il est regrettable que Kennedy ne soit plus là ! Je suis sûr que nous serions parvenus à nous mettre d'accord sur tout. »

Vos appels incessants pour mettre fin à la guerre du Viêt-nam étaient perçus comme de l'anti-américanisme, même lorsque le président Johnson commença à tenir compte de ces appels. Depuis lors, mon Général, vous ne vous êtes plus exprimé publiquement au sujet du Viêt-nam. Vos efforts pour parvenir à une meilleure entente avec l'Union soviétique étaient dénoncés comme allant à l'encontre des intérêts américains — et ce jusqu'à ce que le président Nixon lui-même s'engageât, semble-t-il, dans une voie identique. Vous avez ensuite conduit cette fameuse attaque contre le dollar. Et c'est là que vous avez eu tort, mon Général, horriblement tort : le dollar est plus puissant que nous tous.

Puis-je citer une de vos remarques, qui résume assez bien la manière dont vous éprouvez les accusations d'anti-américanisme ? « Pendant des années, la presse américaine a eu deux traîtres de mélodrame. L'un était Richard Nixon, l'autre Charles de Gaulle. Le peuple américain a élu le premier à la plus haute charge. Je sens qu'ils vont également reconsidérer le second. »

N'empêche qu'il y a au fond de vous une certaine rancune à l'égard des États-Unis. Tant de puissance, tant de possibilités, tant de potentiel diplomatique... Mais voilà : il y a aussi cette loi. Vous étiez né à l'étranger ; vous ne pouviez donc pas devenir président des États-Unis !...

Mon Général, rions donc de bon cœur. Rions en nous rappelant par exemple combien étaient nombreux ceux qui — grands de taille, courts sur pattes, tout petits — vous soupçonnaient d'« ambitions dictatoriales ». Que reste-t-il aujourd'hui de ces accusations ? Vous avez toujours abhorré le fascisme. Seulement, permettez-moi d'ajouter que les raisons n'en sont pas toutes pures : y entre aussi en ligne de compte pas mal d'orgueil, dans la mesure même où il vous semble tout simplement inadmissible de ne pas être respecté, admiré et suivi librement, sans aucune trace de coercition. Que votre être tout entier réclame les hommages, voilà qui n'a certes pas pour but de vous faire obtenir en retour obéissance et soumission.

Vos racines si profondément enfouies dans le passé ne vous ont pas empêché d'essayer, de toutes vos forces, de briser les reins au traditionalisme français et à son esprit de clocher. En dépit de votre réputation d'« anachronisme vivant », vous n'en avez pas moins scrupuleusement contribué à l'édification du Marché commun, et tout en étant accusé de retenir entre vos mains encore trop de pouvoir, vous n'avez cessé de vouloir déléguer une partie de ce pouvoir à ces mêmes « régions » nouvelles qui allaient bientôt signer votre défaite. Les réformes en France sont à peu près aussi populaires auprès des Français que s'il s'agissait de réformer le camembert.

Il y a aussi, disent-ils, cette aura de « puritanisme » autour de vous. Je suppose que c'est la raison pour laquelle le catholique dévoué que vous êtes a légalisé en France la pilule contraceptive contre le souhait déclaré du pape Paul VI.

Et maintenant, mon Général, je m'en vais vous dire quelque chose qui vous déplaira sans doute beaucoup.

Je vous soupçonne d'avoir délibérément orchestré la bataille du référendum en vue de la perdre.

Contre l'avis des experts — contre les preuves statistiques, les prévisions et les rapports préfectoraux qui laissaient tous supposer une défaite presque certaine —, et sans nécessité aucune, vous avez annoncé votre intention de démissionner si les électeurs rejetaient votre contrat législatif. Pourquoi ?

Parce que vous vouliez vous en tirer.

Parce que vous étiez fatigué d'incarner cinquante millions de Français qui n'étaient même pas là derrière vous. Parce que vous saviez que personne ne peut réformer le camembert, sauf au travers d'une révolution communiste qui l'aurait supprimé sous prétexte qu'il empeste le pourri ou qu'il est décadent. Parce que votre propre dilemme insoluble est que vous vouliez changer la France tout en la conservant en l'état. Parce que toutes vos priorités étaient d'ordre spirituel et que celles des mini-Français n'étaient que matérielles. Parce que enfin vous saviez que vous leur assigniez un rôle qu'il ne leur plaisait plus de jouer — tant ils en avaient assez de faire semblant, de vivre au-dessus de leurs moyens moraux, spirituels et psychologiques.

Vous saviez tout cela, mon Général, et je soupçonne fort que vous vous êtes fait sortir du jeu exprès, parce que c'était à vos yeux la seule façon de ne pas connaître d'échec. Vous aviez promis de ne pas dévaluer le franc, et si vous y aviez été contraint par les mécanismes économiques, vous auriez été obligé de manquer à votre parole et ainsi de porter atteinte à votre stature. Vous vous heurtiez à une nation qui ne pensait qu'en termes de salaires, de prix, d'emplois, de logements, de voitures, d'impôts, de congés, et qui n'avait plus rien de la « princesse des contes » ni de la « madone des fresques ». Et vous étiez vite devenu une écharde dans la chair des mini-Français, tant vos hautes visées et votre indéniable prestance les ramenaient, par contraste, à leurs dimensions réelles. Finalement Sancho Pança s'est révolté contre Don Quichotte. Vous avez alors pris de plus en plus conscience que la seule voie qu'on vous permettait d'emprunter consistait à autoriser le contrôle de la croissance économique par le capital étranger, ainsi que la rapide dissolution du noble camembert français dans l'anonymat d'une production de masse soumise à l'uniformisation des réglementations européennes. Il vous restait encore trois années d'exercice, c'est-à-dire assez de temps pour que le processus engagé vous rattrape : aussi avez-vous préféré partir entouré d'un halo de rejet et d'ingratitude.

Au cours des derniers jours de la campagne référendaire, comme je vous regardais à la télévision, observant du même coup le visage de vos opposants — Mollet, Lecanuet, Mitterrand, Giscard d'Estaing et *tutti quanti* — tout en tremblant à l'idée qu'il y eût des femmes enceintes devant leur écran, je me suis souvenu de la simplicité avec laquelle vous aviez un jour expliqué la différence entre le patriotisme et le nationalisme. Lors d'une conversation d'après dîner, vous nous aviez lancé ces définitions parfaites : « Le patriotisme, c'est lorsque l'amour du peuple auquel vous appartenez passe en premier ; le nationalisme, c'est lorsque la haine des autres peuples l'emporte sur tout le reste. » Et en 1965, après avoir réchappé à sept tentatives d'assassinat (dont quatre ne furent pas ébruitées), vous faisiez cette remarque : « Je dois être dans l'histoire l'écrivain sur lequel on a le plus tiré. »

Mon Général, je suis heureux de savoir que, de retour à Colombey, vous avez repris votre plume. Apparemment cinquante-trois pour cent d'électeurs français, y compris les vingt-trois pour cent qui ont applaudi Staline et élevé un murmure tout juste poli quand la Tchécoslovaquie se faisait écraser, ont finalement accompli quelque chose de vraiment radical. Ils ont pris le temps de se regarder en face et, s'étant bien regardés, ont décidé que de Gaulle ne serait plus leur chef. On ne peut qu'admirer cette manifestation tardive d'humilité.

SUR MALRAUX

Au premier anniversaire de la mort d'André Malraux, décédé le 23 novembre 1976, la Chancellerie de l'Ordre de la Libération organisait une exposition à la mémoire de l'écrivain. À cette occasion, Romain Gary, lui-même Compagnon de la Libération, lui a rendu hommage. Ce texte, où Gary s'est plu à mettre en parallèle Malraux et le général de Gaulle, tous deux « conquérants de l'impossible », a été publié dans le catalogue de cette exposition de 1977, ainsi qu'en page « une » du *Monde* le vendredi 18 novembre. Pour des raisons qui paraîtront évidentes au lecteur, il nous a semblé opportun de le donner à lire en complément des textes inédits sur de Gaulle.

Nous l'avons nous-mêmes intitulé *Malraux, conquérant de l'impossible,* en prenant appui sur une locution du texte qui nous paraît résumer parfaitement la vision que Gary souhaitait nous faire partager de son cher ami.

Nous devons à M. Bernard Spitz, chargé par le ministère de la Culture de l'animation des célébrations du vingtième anniversaire de la mort d'André Malraux, de nous avoir appris l'existence de ce texte. Qu'il veuille bien accepter ici nos plus chaleureux remerciements.

Malraux, conquérant de l'impossible (1977)

Je l'ai vu pour la première fois en 1935, dans une baraque de tir forain, à Montmartre : il visait une de ces balles qui dansent sans fin sur un jet d'eau, et c'est ainsi que je le vois encore, dans ma fidélité et dans mon regret : à la fois balle bondissante et fontaine jaillissante, cascadeur de l'univers dans un foisonnement d'idées qui ne cessaient de fuser et de se retourner mille fois sur elles-mêmes, prodigieux lanceur d'interpellations qui ne touchaient terre que pour s'élancer à nouveau, et dont le rapport avec la vérité était d'abord celui avec la beauté.

Jamais, dans mon expérience humaine, je n'ai connu d'être aussi acharné à chercher une éthique dans l'esthétique, d'homme pour qui l'action fût avant tout une tentative de mettre fin à la mortelle aliénation de la beauté. À ceux qui lui reprochaient son interminable pérégrination à travers les musées, au cours de la deuxième partie de sa vie, je rappelle que la culture fait toujours passer ce qui nourrit les hommes avant ce qui nourrit la culture. Mauriac avait dit de lui, dans les années cinquante : « Il s'est retiré sous sa tente avec des cartes postales. » Peut-être, mais la tente était celle de l'éternel nomade à la recherche d'un sens au désert, et les « cartes postales » des chefs-d'œuvre étaient des points de repère dans ces cheminements. Il avait écrit que l'humanité progresse « en enterrant de plus en plus loin les cadavres de ses aventuriers », et il fut toujours lui-même la patrouille la plus avancée de cette errance. Nous avons oublié un peu aujourd'hui qu'il fut le premier à pressentir et à *créer* dans ses romans l'homme qui allait venir, celui de la Résistance, des chambres à gaz et du sacrifice du matin. Si Jean Moulin, d'Estienne d'Orves, Pierre Brossolette, et — en face... — Che Guevarra, Castro, ou, plus à la mesure d'aujourd'hui, un Régis Debray, ou les terroristes allemands et italiens, n'étaient certes pas sortis des *Conquérants*, de *La Condition humaine* et de *L'Espoir*, ils furent néanmoins *prévus*, annoncés dans cette suite d'œuvres, avec une prescience sans précédent dans l'histoire du roman.

L'attachement de Malraux à de Gaulle était avant tout un attachement à une haute idée de l'homme. C'était une exigence que seul l'art pouvait assouvir dans son besoin de perfection mais à laquelle de Gaulle répondait mieux que tout autre personnage de l'histoire contemporaine, parce qu'il ne s'agissait toujours, avec lui, ni d'idéologie ni de politique mais d'*éthique*. Lorsqu'il sortait de son Musée imaginaire, Malraux demeurait continuellement à la recherche de ce que j'oserais appeler l'honneur d'être un homme, de ce que Rembrandt ou Leonardo exprimaient et réalisaient dans la dimension artistique. Or, cette fameuse « certaine idée de la France », « madone des fresques et princesse des légendes », n'était pas autre chose que ce qu'un chef-d'œuvre aurait pu devenir s'il avait pu s'incarner dans le peuple français. On ne saurait nier cette évidence : dès les premières lignes des *Mémoires* apparaît chez de Gaulle une vision hautement *esthétique* du pays français, un goût d'un imaginaire qui serait passé de la culture dans la réalité humaine et sociale. Le lien qui unissait Malraux à de Gaulle était celui d'une aspiration qui, malheureusement, dans l'histoire des civilisations, n'a donné que la chapelle Sixtine et des trésors artistiques, mais n'est jamais parvenue, à partir de cet océan originel créé par nous et qui est la culture, à féconder vraiment les cœurs, les esprits et les sociétés. De Gaulle et Malraux étaient des conquérants de l'impossible, en ce sens qu'ils exigeaient de l'homme ce que celui-ci ne pouvait obtenir que de l'art ou du mythe.

« Le Néant, a écrit Heidegger, est apparent au fond de l'homme. » Toute la vie de Malraux a été une lutte acharnée pour combler ce Néant par la culture et, chez lui, comme chez de Gaulle, par l'action que cette culture exigeait. Je ne connais pas de lutte plus acharnée dans l'histoire de l'art et de la littérature que celle de l'auteur des *Voix du silence* pour faire de la culture un « anti-néant ».

Encore faudrait-il s'entendre sur ce que le mot « culture » peut signifier dans un tel combat inégal. Je ne puis prendre ici sur moi de répondre pour celui qui n'est plus là et, assez étrangement, ne s'est jamais prononcé là-dessus directement lui-même. Mais au cours d'une amitié de quarante ans, et de conversations où chaque réponse ne cessait d'appeler une question nouvelle, je crois avoir reçu, de sa part, une sorte d'approbation tacite à ce que j'entends par là.

La culture est ce qui créerait l'âme humaine, si Dieu n'existait pas — ou peut-être l'a-t-elle créée. La culture, c'est le moment où l'art abstrait commence à peser dans la conscience d'un jeune bourgeois français sur le destin des peuples colonisés. C'est l'œuvre de Renoir exigeant la fin des taudis, dont la sensibilité du peintre ne s'était jamais émue. La culture c'est ce qui, dans Giotto, se met à lutter aujourd'hui contre la sous-alimentation dans le monde, c'est ce qui, chez Rembrandt, chez Vermeer, chez Cézanne, rend à ceux qui ne manquent de rien la situation des masses dans un pays sous-développé incompatible avec l'œuvre de Rembrandt, de Vermeer ou de Cézanne. La culture est ce qui détermine dans les sociétés le changement de tout ce qui rend la culture indiscernable et privilégiée, c'est un épanouissement du rythme respiratoire qui ne s'accommode d'aucun étouffement — au Chili, en Tchécoslovaquie ou dans le goulag. Nous retrouvons ici ce que Malraux entendait par « la métamorphose de l'art » : la culture est un changement des œuvres par le progrès qu'elle exige ; elle obtient des monstres sociaux de Balzac ou de Dickens qu'ils perdent la société qui leur a donné naissance. La culture force l'art à poignarder dans le dos la réalité douloureuse qui l'a inspirée. Lorsque Malraux construisait quelque part une maison de la culture et faisait éclater les surréalistes, Braque ou Picasso sous le nez d'une petite société retardée, il consolidait ainsi le droit des hommes à une vie digne d'une manière plus puissante que la Constitution, et si certains milieux en sont encore à s'indigner contre l'art abstrait, c'est qu'ils sentent planer sur eux confusément une menace dans ce qui, apparemment, ne s'occupe nullement de leurs privilèges ou de leurs abus. Voilà donc pour l'homme qui s'était « réfugié dans l'art », qui s'était « retiré sous sa tente avec des cartes postales ».

Le moment est peut-être venu aussi de répondre à tout ceux, surtout en Angleterre et aux États-Unis, qui ne voyaient dans toute la série de *L'Univers des formes* qu'une noyade du sens camouflée sous une déclamation gesticulatoire. Si ces critiques avaient parlé d'une « récitation incantatoire », et s'ils avaient prononcé le mot de *récitant*, qui évoque si bien les premières assemblées des hommes autour du feu, ils seraient venus beaucoup plus près de la vérité. Car il se trouve que dans les écrits sur l'art de Malraux, la pensée, l'intelligence, le style ne sont point utilisés dans le sens d'une « philosophie » mais dans un but d'ébranlement esthétique qui mobilise tout ce qui, en nous, est volonté de transcendance et de dépassement. C'est un de ces cas rarissimes en la littérature où la pensée, naissant du style, y retourne et, bien que n'apportant souvent aucune réponse intelligible, nous met dans cet état de grâce qui est comme un commencement de réponse, ou nous incite à la chercher. Le sens continue à se dérober mais acquiert une omniprésence immanente en tant que *pressentiment.* En dehors de certaines pages de Nietzsche, je ne connais pas d'autre exemple d'intellect utilisé comme un moyen d'induction d'un état puissamment poétique, d'un tumulte intérieur qui répond au néant indéchiffrable par un ébranlement prémonitoire. La pensée de Malraux ne livre pas de secret : elle joue dans la psyché française le même rôle mystérieux que le chant dans l'âme allemande. C'est une *galvanisation.* Il sera sans doute toujours impossible de parler de compréhension lorsqu'on parle de la condition humaine, mais Malraux est monté plus haut dans l'incompréhension que n'importe qui, et je ne vois pas quelle autre mission on peut assigner à l'art.

L'homme ne sera jamais autre chose que cette petite balle dont je parlais au début, bondissant sans cesse vers un logos inaccessible sur la fontaine jaillissante qu'il est lui-même. Que ce soit en Indochine où, dès 1924, il publiait un journal qui réclamait la fin de la colonisation, en Espagne, dans la Résistance ou à la brigade Alsace-Lorraine, notre compagnon ne cessait de répondre « au néant au fond de l'homme » par une conception de la vie et de la mort qui était peut-être moins la recherche d'un sens qu'une empoignade perpétuelle et poignante avec son absence.

Il y avait chez ce mime du tragique un don d'enthousiasme presque juvénile que ni l'âge ni la maladie n'étaient parvenus à éroder. Lorsque je le voyais regarder un tableau dans un musée, j'avais l'impression qu'il allait le saisir, l'épauler et viser le fond de l'inconnu. Sa conversation elle-même était une galopade frénétique par-dessus tous les obstacles du non-sens à la recherche d'une proie qu'il serait enfin possible de saisir, d'identifier une fois pour toutes — et peut-être d'accrocher au mur d'une maison de la culture. Il était parfois impossible de le suivre sans demander pitié. La conversation de Malraux consistait à vous placer à ses côtés, d'égal à égal, sur la rampe de lancement, à bondir aussitôt vingt fois sa propre hauteur en effectuant trois doubles sauts périlleux et un vol plané par-dessus la charpente dialectique du discours, et à vous attendre à l'autre bout de l'ellipse avec une formule-conclusion éblouissante, appuyé par un regard complice qui vous interdisait de ne pas comprendre et de lui demander par où il était passé pour arriver là. Des envolées, des plongées à pic, et des sous-marins qui se perdent. Une volonté de dépassement tellement farouche, une telle empoignade désespérée avec tout ce qui, dans le destin de l'homme, n'offre pas de prise... Si l'univers était capable d'une réponse, c'est à cet homme-là qu'elle l'aurait donnée.

Postface

> « Toute vie est faite de tours de passe-passe, il ne saurait y avoir de génie authentique hors de l'immortalité. La mort n'étant pas autre chose qu'un manque de véritable talent, nous voilà condamnés à l'illusionnisme et à des numéros d'imitation plus ou moins réussis [1]. »

Malgré leur différence de caractère, l'hétérogénéité de leurs origines sociales et historiques, et la manière contrastée avec laquelle chacun a voulu donner forme à son engagement politique, et autorité à sa création littéraire, une forte amitié liait Romain Gary et André Malraux. S'il ne fait aucun doute que cette « amitié de quarante ans » fut largement cimentée par leur admiration commune pour l'œuvre et la personnalité du général de Gaulle, il n'en est pas moins certain qu'aux yeux de Gary en tout cas, Malraux n'apparaissait pas seulement sous les traits émouvants du camarade de combat, ni, uniquement, comme ce phé-

1. R. Gary, *Les Enchanteurs*, Paris, Gallimard, 1973, p. 333-334.

noménal (et non moins orgueilleux) témoin (sinon protagoniste) de la Culture qu'il voulait incarner tout à la fois sur la scène littéraire et dans l'arène politique. Malraux était aussi, et peut-être avant tout, un exceptionnel partenaire de la conversation, ce qui, dans l'esprit de Gary, avait autrement plus de valeur. Oui, si l'amitié les avait bien unis, ce qui les réunissait fut la *conversation* — et j'entends par là ce souci si gravement léger, si particulièrement universel et si librement réglé de la bonne « communication » ; ajoutant même, pour mieux me faire entendre, que l'on se méprendrait sur la *tradition de pensée* à laquelle Malraux et Gary auront conjointement décidé de souscrire si l'on réduisait l'importance de ce qui, en cette recherche vivante, passionnée et non préméditée des données de la compréhension, en cette mise en commun discursive de l'intelligibilité du monde — sens qui, le plus souvent, se dérobe au fur et à mesure qu'on tâche de le cerner, transformant alors la conversation en une « galopade frénétique », en « l'empoignade perpétuelle et poignante de son absence » —, confine par essence à une « existence d'art » comme eût dit Mallarmé.

À cet égard en effet, on a pu voir Gary vanter, avec beaucoup d'humour et d'affection, l'agilité verbale et la virtuosité de pensée dont faisait preuve Malraux aussitôt qu'il se laissait entraîner dans une conversation digne de ce nom, prenant alors au sérieux cet « art de conférer » dans la mesure même où il s'accomplissait comme un *art d'invention* — un art que l'on peut, du reste, qualifier de bien « français » (en sorte que c'est aussi en cela que l'on peut « être la France »), et qui a généralement pour dessein de « découvrir » la manière de marier, avec autant de grâce que d'énergie, le mot d'esprit et l'idée juste, l'image et le concept, le sens et la saillie, tout en les mettant sans trop d'effort au service d'une « diplomatie de l'esprit » chargée en même temps de battre en brèche toute velléité d'accommodement[1]. Car, outre qu'elle relève d'une *philia* exercée au nom de l'intelligence, comme une complicité réciproque visant à en affermir la pleine autorité, cette manière d'*éclaircissement* propre à la conversation[2] n'est pas sans exiger que l'on fasse montre

1. Voir à ce sujet M. Fumaroli, *La Diplomatie de l'esprit. De Montaigne à La Fontaine,* Paris, Hermann, 1994, notamment le chapitre IX, p. 283-320. M. Fumaroli fait (p. 288) remonter cette tradition de pensée à Montaigne, pour qui « notre esprit se fortifie par la communication des esprits vigoureux et réglés » (*cf. Essais*, III, 8, « De l'art de conférer », éd. M. Rat et A. Thibaudet, « Bibliothèque de la Pléiade », Paris, Gallimard, 1962, p. 900) — leçon elle-même répercutée par Pascal (« on se forme l'esprit et les sentiments par l'esprit », *cf. Pensées*, Brunschvicg n° 6, Lafuma n° 814).

2. Une manière que Paul Valéry, par exemple, décrivait en ces termes : « Dix minutes de conversation font voir, dissipent, renversent, simplifient bien des choses sur lesquelles on n'aurait jamais eu que des idées populaires... ou littéraires » (cité par M. Fumaroli, *op. cit.*, p. 320).

de talent — de ce talent qui fut, à en croire Gary, magistralement exercé par son ami Malraux, en tant qu' « auteur-acteur de sa propre tragédie[1] » (voire de cet Esprit du monde inlassablement en proie à ses « métamorphoses »), ou en tant que « mime du tragique » et metteur en scène de son propre intellect, pour autant qu'il se laissait soumettre au désordre quelque peu apprêté de son fameux « Musée imaginaire ».

Là est sans doute la raison pour laquelle l'évocation de leurs conversations, publiée par Gary dans *La nuit sera calme*, sera reprise mot pour mot dans l'hommage qu'il rédigea trois ans plus tard. Gary disait alors à François Bondy : « La conversation de Malraux consiste à vous placer à ses côtés[2] sur la rampe de lancement, à bondir aussitôt vingt fois sa hauteur, en effectuant trois doubles sauts et un vol plané par-dessus la charpente dialectique du discours, et à vous attendre à l'autre bout de l'ellipse avec une formule-conclusion éblouissante, appuyé par un regard complice qui vous interdit de ne pas comprendre ou de lui demander par où il est passé pour arriver là. [...]

1. *Cf.* R. Gary, *La Promesse de l'aube, op. cit.,* p. 209.

2. Ici Gary a intercalé dans le texte de 1977 : *« d'égal à égal »*, ce qui n'est bien sûr pas sans signification, puisque *La nuit sera calme* a paru en 1974, c'est-à-dire du vivant de Malraux, et l'hommage publié ci-dessus au lendemain de sa mort. Verrait-on alors dans cette humilité de Gary une preuve supplémentaire de sa politesse de roi ?

Avec Malraux, ce sont des jaillissements, des vols planés, des plongées à pic et des sous-marins qui se perdent. Le plus dangereux, quand on navigue avec lui, ce sont les silences. La règle du jeu est de se retrouver à la sortie au même point du parcours, dans une parfaite compréhension réciproque, genre dauphins qui font des montagnes russes sous l'eau et hors de l'eau[1]. »

En lisant ces lignes où perce, sous une vague d'incontestable admiration, le fait que Gary avait su déceler dans l'histrionisme si souvent exaspérant de Malraux toutes les ficelles qui lui servaient alors à « éblouir » son monde, et où il paraît aussi lui reprocher, comme à demi-mot, de continuer à vouloir apprendre à faire la grimace à ce vieux singe (ou à ce vieux « clown lyrique ») qu'il était convaincu d'être lui-même, comment ne pas revenir sur la sentence de Malraux déplorant que « peu de civilisations [aient] aussi bien ignoré que la nôtre les raisons de leur admiration[2] » pour les héros et les chefs-d'œuvre de la noble culture ? Comment ne pas y revenir pour affirmer que Gary fut justement de ceux qui l'auraient, au moins sur cette question, et à propos de Malraux lui-même, volontiers désavoué ? Car, si rares que soient ceux qui savent et aiment admirer, et qui le

1. R. Gary, *La nuit sera calme, op. cit.*, p. 213.
2. A. Malraux, *L'Homme précaire et la littérature*, Paris, Gallimard, 1977, p. 20.

font en toute liberté et en toute santé, c'est-à-dire sans devoir « rien nier » ni « implorer » quiconque[1], nul n'est en mesure de contester que Gary fut bien du nombre. Et cela est d'autant plus notable que depuis le temps de cet amer constat, notre civilisation s'est même offert le luxe d'accomplir un pas de plus, puisque, outre le fait que nous ignorons pourquoi nous admirons et que nous ne nous demandons presque plus ce qui vaut d'être admiré, nous répugnons désormais à penser que cette *passion* d'admirer nous est nécessaire, indispensable, vitale même, s'il est vrai qu'en tout témoignage d'admiration il y va du respect de notre *humanitas* proprement dite, et qu'à en oublier la vertu nous courons fatalement un danger : celui de perdre l'estime de nous-mêmes. À ce suprême danger, Gary, c'est un fait, s'est toujours bien gardé de s'exposer, puisqu'à l'égard tout au moins de De Gaulle et de son thuriféraire Malraux, il n'a jamais songé à monnayer son salut.

Et pourtant, si Gary a bel et bien partagé avec Malraux la conviction que « l'homme sans mythologie de l'homme, c'est de la barbaque[2] », il n'a pas manqué de se séparer de lui, voire de s'opposer à lui, quand il s'est agi de concevoir les *moyens* à mettre en œuvre pour édifier concrètement cette

1. Je songe ici au vers de Hölderlin : « ... *Nichts leugen will ich hier und hichts erbitten* » (*Germanien,* v. 19).
2. R. Gary, *La nuit sera calme, op. cit.*, p. 310.

singulière « mythologie ». Pour prendre la mesure la plus probante de ce qu'on pourrait appeler leur *divergence dans la complicité*, il convient de méditer certaines remarques développées dans *Pour Sganarelle,* ce livre éblouissant où Gary nous a peut-être livré le fond de sa pensée. Les questions posées dans cet ouvrage de 1965 recoupent d'ailleurs parfaitement celles auxquelles nous renvoie son hommage à Malraux. Ce sont celles qui, à chaque étape de sa double carrière de romancier, auront le plus hanté sa conscience d'*auteur* : comment concilier, en une même œuvre, voire en une seule vie, l'éthique et l'esthétique ? De quoi la culture devrait-elle être composée pour qu'elle puisse rester fidèle aux valeurs de civilisation ? Quels sont encore les pouvoirs du roman quand l'imagination qui en est la source se laisse elle-même contraindre par la réalité ? Comment éprouver le beau quand nous demeurons terrassés par l'horreur ? Faut-il cesser de « jouir » parce que les hommes se montrent capables du pire ? Peut-on faire droit à l'irréalité de la fiction quand le réel nous submerge et nous tue ? Le roman est-il encore possible pour nous aider à vivre et à mieux nous comprendre ?

Contrairement à ce que l'on pourrait imaginer, toutes ces questions n'ont pas été uniquement motivées par une raison de surface : le récent engouement dont le Nouveau roman avait fait l'objet (nous sommes, rappelons-le, au beau milieu des années soixante) ; ou par une raison de fond : la prise de conscience, après-guerre, que la réalité représentée par les chambres à gaz, les massacres de masse et la logique totalitaire excède de beaucoup les ressorts et les pouvoirs de l'imagination humaine. Ces questions se sont posées *aussi* parce qu'un écrivain important et estimé s'était résolu à renoncer définitivement à faire œuvre de fiction, et que, si l'on voulait soi-même défendre le roman et s'efforcer d'en écrire un, si l'on croyait encore au « roman en tant que valeur en soi[1] », il devenait impérieux que l'on ne prît pas cette décision à la légère. Il existe donc un *cas Malraux*, qui ne laisse d'éveiller une incompressible perplexité dans l'esprit de tout artiste assistant, troublé, à l'écroulement soudain des ponts devant relier l'esthétique à l'éthique. Il y a même, ébauchée en filigrane de ce débat, la tentation pour Gary de conduire Malraux sur le terrain d'un authentique et virulent *polemos*, un combat reposant sur un *différend* fondamental qui ne s'est jamais confondu avec une vulgaire rivalité d'auteurs, avec la recherche pathétique et insensée d'un quelconque prix d'excellence. L'enjeu en est bien plus crucial, bien plus décisif *pour nous tous*, puisqu'il s'agit là du *sauvetage de l'imaginaire*, et plus précisément de la possibilité de faire état de sa « foi » dans les pouvoirs spécifiques du Roman,

1. R. Gary, *Pour Sganarelle, op. cit.*, p. 407.

surtout après qu'ils ont été écornés par la brutalité de l'Histoire. D'où le virage qu'opère Gary à tel moment de son essai : « Il nous faut dans ce contexte examiner le cas de Malraux, et, justement, de son "silence", d'abord parce que c'est Malraux, c'est-à-dire peut-être la plus puissante pulsation de l'esprit que la vie littéraire ait connue, et, ensuite, parce qu'une explication "profonde" vient de nous être donnée de cette rupture d'un grand romancier avec la fiction, une explication qui nous permettra de mieux mesurer la nature des rapports de l'œuvre avec, comme on dit, "les valeurs authentiques"[1]. »

Qu'est-ce, en réalité, que cette explication profonde (notons bien l'ironie) ? Celle qu'a cru pouvoir nous fournir Lucien Goldmann, quand il s'est demandé, dans son fameux essai *Pour une sociologie du roman*[2], « ce que tous les interprètes du silence romanesque de Malraux se demandent depuis plus de vingt-cinq ans », à savoir si ce silence ne serait pas dû en réalité « à une rupture avec les valeurs, lorsqu'il apparut à Malraux qu'il ne pouvait plus sauvegarder — et je cite [dit Gary] — "l'existence de certaines valeurs universelles authentiques". La rupture avec le marxisme aurait donc joué là un rôle déterminant[3] ». Et

1. *Ibid.*, p. 381.
2. L. Goldmann, *Pour une sociologie du roman,* Paris, Gallimard, 1964.
3. R. Gary, *Pour Sganarelle, op. cit.,* p. 387.

Gary d'ajouter aussitôt en préambule à sa réponse : « Voilà qui mérite un chapitre à part, d'abord parce que c'est Malraux, et ensuite parce que je vais m'en donner à cœur joie[1]. »

Et en effet, quelques digressions plus loin, Gary commencera par nous faire remarquer que l'on s'interdit inexorablement d'avancer dans la résolution du problème aussi longtemps que l'on persiste à penser que Malraux a définitivement renoncé au roman. C'est là en vérité une idée à courte vue, qui ne tient aucun compte du fait, si remarquablement mis en relief par Gary, que *Les Voix du silence* « sont avant tout une toile de fond romanesque où les grandes œuvres de l'art tendent à devenir des personnages et des sujets-objets[2] », aussi présents et aussi vivants que des figures humaines prenant part à une intrigue bien ficelée. Ainsi Gary reproche-t-il à Goldmann de ne pas s'être aperçu que « Malraux a esquissé une fresque épique romanesque où les œuvres-objets occupent toute la place, ont une puissance d'existence hallucinante et jamais vue dans la littérature, et que l'homme y est entièrement dominé par ce qu'il a créé et par les rapports qui se nouent entre les objets de sa création[3] ».

Il s'ensuit que ce n'est nullement l'Imaginaire

1. *Id.*
2. *Ibid.*, p. 402.
3. *Ibid.*, p. 402-403.

en général qui fut refusé ou récusé par Malraux : ce dont il a voulu en premier lieu se défaire sont bien plutôt les contraintes que fait naturellement peser sur la fiction tout « drame » mettant en jeu des *individus*, agissant dans un univers historiquement, politiquement et socialement caractérisé. Goldmann n'a donc pas eu tout à fait tort de consacrer un même ouvrage à Robbe-Grillet, « père de l'objet dans le roman », à Sarraute, « mère de la mort du personnage », et à Malraux, « romancier de l'objet-art »[1]. Le reproche que l'on pourrait lui faire est qu'il ne s'est à aucun moment avisé que le « désespoir » et le « retrait » de Malraux « devant le personnage et devant la fiction »[2] avaient eu pour principale conséquence, non pas la survalorisation à la Robbe-Grillet de l'objet inerte, ni la célébration à la Sarraute de la disparition du sujet-conscient-de-soi, mais une conjugaison fort subtile des deux, donnant lieu à « la première épopée de l'objet créé par l'homme, la première épopée historique où les choses ont une vie plus puissante et plus agissante que celle de leurs créateurs, où des rapports se créent entre eux que leurs "inventeurs" n'avaient ni prévus ni prémédités ». Bref, au dire de Gary, un livre comme *Les Voix du silence* inaugure, au royaume de ce qu'il qualifie alors d'« objet-art », « la sou-

1. *Ibid.*, p. 403.
2. *Id.*

daine indépendance, la soudaine puissance d'un Golem bénéfique »[1]. Telle est la raison pour laquelle le silence romanesque de Malraux ne pouvait être celui qu'on avait cru entendre...

Il reste que Malraux a bel et bien rejeté l'idée de bâtir des romans ayant notamment pour objet de décrire la vie, l'action et le destin de personnages « historiques », à la façon de *La Condition humaine*, des *Conquérants* ou de *La Voie royale*. Comment faut-il se l'expliquer ? La réponse de Gary est ici péremptoire : « Malraux, écrit-il au chapitre LVI du *Sganarelle*, a renoncé au roman non point lorsque les valeurs du marxisme se sont écroulées à ses yeux, mais lorsque le roman s'est écroulé à ses yeux en tant que moyen d'exploration de la situation de l'homme, autrement dit, lorsque le besoin d'authenticité est devenu plus fort que le besoin du roman[2]. » Aussi son retrait devant la fiction n'est-il point la résultante d'un dilemme idéologique, pas plus qu'il ne relève d'une résolution à caractère esthétique. Ce retrait est la conséquence d'une profonde angoisse métaphysique devant la nécessité de devoir fournir une « Solution » à quiconque souhaite, comme lui, trancher le nœud gordien de la tragédie humaine. C'est dire que Malraux n'a renoncé à la fiction ou à un certain type de fiction qu'à partir du moment

1. *Id.*
2. *Ibid.*, p. 404.

où « il lui est apparu qu'il n'était pas possible de trouver une réponse à la question *dans* et *par* le roman » ; de sorte que « le roman a cessé de l'intéresser parce que ce qui l'obsédait par-dessus tout n'était plus la fiction, mais la recherche d'une réponse à la tragédie, c'est-à-dire *la* Solution[1] ». À ce compte-là, en effet, comment pourrait-on encore s'aveugler sur les raisons pour lesquelles Malraux « ne pouvait plus se *contenter* du roman » ? Il est évident que, « dans une telle volonté d'authenticité, de Valeur authentique, de Solution, et sans doute aussi de grandeur personnelle dans l'histoire non du roman, mais *de la pensée authentique* », la fiction avait fini par « lui paraître futile, enfantine »[2], et pour tout dire inefficace.

Parce que la rupture décidée par Malraux n'a jamais eu pour objet premier le roman en tant que tel (*Les Voix du silence*, on l'a vu, forment bien un roman « épique » mettant en scène des « sujets-objets » ayant pour « histoire » secrète l'intrigue éternellement réactualisée de leurs propres « métamorphoses »), il convient de pousser plus loin son investigation, jusqu'au point de comprendre que l'objet de la rupture se réduit à ce que Gary, dans son langage, nomme *« le fictif »*[3]. Qu'en-

1. *Id.*
2. *Ibid.*, p. 404-405.
3. *Ibid.*, p. 406.

tend-il donc par là ? Le fictif se définit par opposition à tout ce qui ne prendrait forme que dans une visée universellement signifiante. Plus précisément, le fictif est le contraire de toute allégorisation se référant, par-delà l'image adoptée, à une idée abstraite ou à une généralisation quelconque. En tant que « description de la *vie* des hommes, avec sa simplicité, sa banalité, son humilité, avec, précisément, ce qui constitue son universalité » (et il suffit de bien pénétrer ces lignes extraordinaires pour s'apercevoir aussitôt que cette universalité de la vie ne se confond guère avec l'universalité abstraite d'un genre, avec une généralisation obtenue par une opération de la raison, et coiffant un divers singulier qui échapperait par principe à sa prise, mais qu'elle est, comme dirait Claudel, une « version à l'unité », c'est-à-dire une ré-version à l'individualité concrète d'un Soi en lui-même radicalement incomparable), en tant qu'il manifeste, donc, l'ipséité absolue de la vie, le fictif s'oppose point par point à la « pensée non romanesque », à cette « volonté, dit Gary, de tout remplir de sens, à ce désir de pénétration abyssale » qui, dans un contexte malgré tout fictionnel, fait comme si « chaque mouvement de pensée des personnages devait aller plus loin que la circonstance, dire plus que ce qu'on pouvait dire », comme si « toute situation devait avoir un sens, une portée hors du contingent » et que « à chaque instant, le "ton" cherchait à monter si haut et à porter si loin que les personnages se désincarnaient, sortaient du roman sans entrer nulle part »[1]. Analyse qui permet alors à son auteur d'aboutir à l' « hypothèse » suivante[2] : « C'est par attachement aux valeurs universelles authentiques, parce qu'il ne pouvait se contenter d'autre chose que d'une authenticité dans un monde authentique, que Malraux a rompu avec la fiction. » Et Gary de conclure dans un même souffle, en se félicitant de prendre ainsi le contre-pied de la thèse « valoriste et valeureuse » de Goldmann au sujet de Malraux et de son soi-disant renoncement au marxisme : « C'est donc son attachement aux valeurs universelles "vraies" qui l'a poussé vers la politique et l'a forcé à renoncer au roman. C'est un des exemples les plus intéressants du conflit entre le besoin d'authenticité et le roman[3]. »

Or, et c'est là l'essentiel, ce « conflit » dûment caractérisé entre éthique et esthétique n'a pas eu uniquement pour théâtre la conscience créatrice d'André Malraux ; il a bouleversé aussi bien (et l'on serait même tenté de dire : avec peut-être plus de violence encore) la volonté artistique de Romain Gary. De sorte que c'est ici — en plein cœur de ce débat — que le *différend* entre les deux écrivains

1. *Id.*
2. Et cette hypothèse, précise-t-il, « donne froid dans le dos, lorsqu'on est bien pensant et "valeureux" » (*ibid.*, p. 407).
3. *Id.*

peut enfin nous apparaître dans son plus vif éclat. Car c'est justement ce même *besoin d'authenticité* qui aura entraîné Gary à tenter de surmonter ses réticences, de réfréner ses scrupules et de dissoudre son embarras, dans une perspective en tous points contraire à celle de Malraux.

Alors que Malraux mit d'abord, et avec plus ou moins de bonheur, son *intelligence* au service de la création romanesque, puis se résigna à la placer tout entière sous la coupe de l'action politique, désormais seule garante à ses yeux de la conservation des « valeurs universelles "vraies" », Gary, lui, n'a pas cessé de mettre sa *sensibilité* et son *imagination* débordantes (c'est-à-dire sa puissance même) au service, non plus de la validité objective d'un monde de valeurs, universellement et exclusivement agréées par la raison [1], mais de la vérité intime et toujours foncièrement incommunicable de la vie subjective individuelle, en tant qu'elle donne lieu à cette jouissance et à cette souffrance qui, incessamment mêlées en une « joyeuse angoisse [2] », font de l'œuvre d'art une « priorité naturelle, obsessionnelle », ayant « le pouvoir de servir ce que j'appellerai, sans aucune crainte de simplicité, le bonheur des hommes » [3].

1. Cet agrément de la raison n'aurait d'ailleurs été pour lui qu'une conséquence, non un principe.
2. *Ibid.*, p. 339.
3. *Ibid.*, p. 408.

Dans ce différend assumé avec Malraux, il lui est justement apparu, comme il l'a noté au demeurant dans l'hommage qu'il lui a rendu, que si « la culture force l'art à poignarder dans le dos la société qui l'a inspirée », si elle parvient à obtenir « des monstres sociaux de Balzac ou de Dickens qu'ils perdent la société qui leur a donné naissance », elle le doit en grande partie au Roman, cet éminent fer de lance de la culture, au point qu'il ne saurait y avoir de civilisation humaine digne de ce nom qui ne lui ait pas toujours déjà réservé une *place d'honneur*. Voilà pourquoi ce n'était pas de prime abord l'emphatique question de la *liberté humaine en général* que Gary poursuivait dans son œuvre — cette question sur laquelle Malraux, en sa qualité de « mime du tragique », avait eu, en revanche, le mérite d'insister sans pour autant être parvenu à la déployer dans toute son ampleur, ni sur le plan de la pensée ni sur celui de l'action. La question qui « obsédait » Gary, jusqu'à susciter en lui un « don d'enthousiasme presque juvénile », similaire à celui qu'il se plaisait à saluer chez Malraux, fut avant tout celle du *bonheur des hommes* — de ce bonheur, dirais-je, dont le *maintien* dans l'âme et le cœur de chaque individu repose le plus souvent sur des conditions en elles-mêmes « éprouvantes ». Car tenir au bonheur et s'en tenir à lui, c'est là en effet une des tâches les plus redoutables de la vie, un défi à part entière, et parfois même, pour qui se risque à le relever, un immense péril, s'il est vrai, comme le remarquait l'auteur de *Au-delà de cette limite votre ticket n'est plus valable,* qu'« il est des moments, des heures faites de vies entières d'un bonheur auquel on ne devrait pas pouvoir survivre[1] ».

C'est à cultiver, à accroître et à intensifier, fût-ce au mépris d'un tel danger, cet indispensable sentiment — et cette irrépressible exigence — de bonheur qu'est allé, non sans avoir accepté à l'avance d'y serrer la main du désespoir, tout l'effort de Gary. Un effort qui est à verser entièrement au crédit du *rêve* et de cette « communion intime de l'être avec la vie[2] » dont notre civilisation — toute à l'écoute des arrière-mondes et du déni embarrassé qu'elle entend bien, en même temps, leur opposer — ne veut plus rien savoir. C'est que, pour Gary, et c'est là une parole d'or, « on en est venu à oublier que le rêve d'éternité n'est pas un rêve de survie *ailleurs*, d'une vie *autre* : c'est de l'amour de *cette* vie, de *ce* bien, de cette condition que naissent les rêveries d'éternelle durée. La seule aliénation non pathologique, c'est évidemment la mort, pour ceux qui n'aiment

1. R. Gary, *Au-delà de cette limite votre ticket n'est plus valable*, Paris, Gallimard, 1975, repr. coll. « Folio », p. 100.
2. R. Gary, *Pour Sganarelle, op. cit.*, p. 340.

pas assez la vie pour sentir qu'il ne peut rien leur arriver[1] ».

1. *Id.* Ainsi Gary note-t-il également (p. 322) — et c'est là une preuve supplémentaire de son courage — que « le voile du silence est jeté délibérément [et "par tricherie" (*id.*)], dans toute la pensée et dans toute la littérature [sujettes aux canons de cette "culture canaille" (p. 215) propre aux idéologues de tout poil], sur ce qui constitue le fait matériel le plus vérifiable, le plus communément ressenti, et de très loin le plus important de la "condition humaine" : *l'amour de la vie* ». Plus loin, Gary ajoute ceci, qui demeure crucial pour bien comprendre l'ensemble de sa démarche créatrice, et notamment le « différend » qui l'oppose à Malraux : « Aucun constat de la "condition humaine" ne saurait être autre chose que mensonge lorsqu'il ne tient pas compte de l'expérience la plus importante de l'être, *celle qui permet à la vie de continuer et aux civilisations d'être poursuivies, et qui est la joie d'exister* » (p. 324). Le regard qu'il est le seul à oser lancer en direction des arrière-pensées de la culture contemporaine est alors aussi superbe que décisif : « Le prétexte de solidarité avec "tout ce qui souffre", avec les masses sous-privilégiées, d'abord ne justifie en rien le discrédit, le dégoût que toute notre imagination romanesque a ainsi jeté sur le phénomène même de la vie, et ensuite, cette façon d'enfermer les masses dans leur souffrance est un mensonge. » En effet, qui pourrait nier que « ce qui fait le malheur terrible et entièrement intolérable de ces hommes confinés, arrêtés dans une identité inacceptable, est que leur condition même la plus extrême est toute traversée d'éclairs de joie, de communion innombrable avec la joie d'être, avec la sexualité, avec l'assouvissement physiologique, avec la nature, et qu'il ne saurait en être autrement, puisqu'ils sont *vivants* » ? La prise en compte de cette conjonction du « jouir » et du « souffrir » à l'intérieur du

Ainsi « le "jouir" »[1] a-t-il toujours semblé être pour Gary un *préalable* nécessaire à l'expression authentique du désir de liberté. Seul celui qui s'aime sans amour-propre et aime la vie sans la juger peut trouver en lui la force nécessaire pour s'affranchir décisivement des entraves extérieures ; en revanche, celui qui désespère *de* soi et *quant à* la vie en soi[2] ne peut que s'enferrer dans les pièges que ne cesseront jamais de disposer sous ses pas cette *chasse à l'homme* à laquelle s'adonne depuis toujours ce que Gary nomme « le

---

mouvement auto-affectif par lequel la vie, « le phénomène même de la vie » se trouve donné à soi est alors ce qui permet à Gary d'en conclure que « c'est [le] rapport [des hommes] avec la jouissance physiologique de vivre qui leur permet de s'orienter, de pressentir, de comprendre, de se révolter, de lutter, de découvrir que la "condition humaine" n'est pas cet état du corps attendant sa charogne que la littérature du malheur en a fait » (p. 324-325). Cette attention portée à l'essence *vivante et incarnée* de la « condition humaine », cette position ontologique exceptionnelle conjuguant en un unique dessein l'esthétique et l'éthique, cette profession de foi inouïe dans la *complétude affective* de la vie, voilà ce qui fonde, selon nous, la différence de pensée qui a pu exister entre l'auteur de *La Vie devant soi* et l'auteur de *La Condition humaine*.

1. Cf. *ibid.*, p. 94-95, 174-175, 242-249, 339-341, 378, 424.

2. Sur la distinction entre désespérer de et désespérer quant à, voir S. Kierkegaard, *Traité du désespoir*, trad. K. Ferlov et J.-J. Gateau, Paris, Gallimard, coll. « Tel », 1990, n. 1, p. 408.

Réel ». Jouir, et peut-être même se ré-jouir de cette jouissance qu'est, en son fond, la vie[1], tel serait bien, n'en déplaise à Malraux, cet « anti-néant » que ce dernier croyait pour sa part pouvoir réclamer à l'Art doté d'une majuscule ; car ce « jouir » est la seule épreuve susceptible de *justifier* à tout jamais, et quoi qu'il puisse encore nous arriver, le désir insuppressible de créer, le « besoin d'affabuler », la foi qu'un auteur peut s'autoriser à placer dans *ce qui ne serait jamais que par et selon sa parole*.

On comprend alors que l'auteur de *Pour Sganarelle* se soit vu destiné à adresser un message inouï à tous ceux qui, adeptes du « malthusianisme culturel », conçoivent « “la condition humaine” [à partir] de leur état de manchots »[2]. Ce message, le voici : « Un art de mensonge, professe Gary, est parfaitement acceptable, car le mensonge est trop lié à l'invention et à l'imagination pour qu'il y ait lieu de faire place ici à quelque objection de conscience, à quelque puritanisme de la vérité, même

1. En effet, qu'est-ce que ce « jouir » sinon, dit Gary, ce qui se montre « indissolublement lié à la nature même de la vie, aux conditions de sa propagation, de ses manifestations » ? Serait-il autre chose que ce « rapport [...] entre l'homme et ce qui l'inspire », dont Gary nous assure qu'il est « aussi absolu et indispensable [...] que celui de la lumière avec la chlorophylle » ? (*Pour Sganarelle, op. cit.*, p. 340).

2. *Ibid.*, p. 341.

si c'est la poudre de la vérité qu'on nous jette dans les yeux[1]. » Non, au royaume de l'art et de l'imagination, jamais, au grand jamais, aucune place ne saurait être faite à ce puritanisme qui repose, d'abord, sur le déni de ce que Gary nomme « la jouissance physiologique de vivre[2] », et ensuite, sur la disjonction forcée — pour ne pas dire « forcenée » — que l'on croit pouvoir opérer entre le mensonge et la vérité, le bonheur et le malheur, la liberté et le destin, le comique et le tragique. Plus encore, la seule maxime qui viserait positivement à orienter la création dans le sens de la « condition humaine » devrait se formuler de cette manière audacieuse : « *Ce qui rompt les rapports de l'homme avec le bonheur rompt ses rapports avec l'art* », et cela à telle enseigne que « ce qui situe par souci de littérature et d'originalité les phénomènes typiques de l'homme dans ce qui *n'*est *pas* le phénomène typique de l'homme », à savoir son rapport particulier et immanent au « jouir » et au « souffrir » comme tels, ne pourrait plus « se réclamer, pour finir, que d'un artifice totalitaire ou d'une adoration du langage à la Flaubert »[3] !

Seraient-ils donc légion, ceux qui, dans la seconde moitié du siècle, ont partagé la concep-

1. *Ibid.*, p. 340.
2. *Ibid.*, p. 324.
3. *Ibid.*, p. 341.

tion de Gary ? Certes, il serait vain de ne pas rappeler que celui-ci s'est senti dans l'obligation, pour échapper notamment aux pièges de cette littérature (qui s'est un beau jour rebaptisée Écriture...), d'aller « [se] bouffonner jusqu'à l'ivresse d'une parodie où il ne reste[rait] de la rancune, du désespoir et de l'angoisse que le rire lointain de la futilité [1] ». Mais pour avoir osé le faire, et pour y être allé *jusqu'au bout*, rendons-lui l'hommage qu'il mérite justement. Et admettons du même coup que ce prix à payer ne s'est guère confondu avec cette somme que Malraux, de son côté, avait cru bon de verser aux douaniers de la postérité, en cherchant à faire résonner ses oraisons funèbres dans les couloirs glacés des palais de la République. Jusqu'à la fin, Gary est resté ce « clown lyrique » qu'il s'est toujours amusé à flétrir de sarcasmes. C'est même pour ne point cesser de l'être, et ainsi, pour ne pas démériter de lui-même — lui qui se plaisait à reconnaître : « je me suis toujours été un autre [2] » —, qu'il se laissa « atteindre par la plus vieille tentation protéenne de l'homme : celle de la multiplicité [3] ». En démultipliant les visages et en portant *in fine* le

1. R. Gary (Ajar), *Pseudo*, Paris, Mercure de France, 1976, p. 189.
2. R. Gary, *Vie et mort d'Émile Ajar*, Paris, Gallimard, 1981, p. 30.
3. *Ibid.*, p. 29.

masque d'Émile Ajar, il pouvait donc se dire qu'il changeait tout... sauf son fusil d'épaule.

Voilà pourquoi il semble bien qu'en cette « conquête de l'impossible », Gary soit demeuré plus proche de De Gaulle que de Malraux. En effet, comment la façon avec laquelle Malraux, après qu'il eut pris ses distances par rapport au « personnage » et à la « fiction », avait troqué son cuir râpé d'aviateur contre un maroquin flambant neuf, pourrait-elle se comparer avec la manière d'après laquelle de Gaulle s'était décidé à « être » la France, et Gary à s'incarner en Ajar ? Sans doute la véritable différence réside-t-elle moins dans la manière que dans l'intention, c'est-à-dire dans le fait que les « métamorphoses » spectaculaires de De Gaulle et de Gary furent motivées identiquement par le désir d'*irréaliser ce qui est ou ce qui fut*, alors que pour Malraux il s'est agi, à l'inverse, de *réaliser ce qui n'est pas ou qui n'est pas encore.* Pour avoir pris une direction contraire à celle qui fut empruntée par Malraux, Gary et de Gaulle ont donc « conquis l'impossible » en donnant *toute licence* à leur besoin d'affabulation, et en se gardant bien de se dissimuler en même temps que « le besoin d'affabulation, c'est toujours un enfant qui refuse de grandir[1] », ainsi que le comprenait l'auteur de *Pseudo*. Le besoin d'inventer, de « mystifier », de faire apparaître et dis-

1. R. Gary (Ajar), *Pseudo, op. cit.*, p. 158.

paraître tout un monde au gré de ses sentiments, de conférer aux événements humains une portée légendaire, de donner sens au non-sens et inversement, tout cela, il est vrai, est l'apanage de l'enfance, et plus exactement de tout enfant qui refuse souverainement — à l'instar de Fosco dans *Les Enchanteurs*, de Momo dans *La Vie devant soi,* de Ludo dans *Les Cerfs-Volants*, ou même du Morel des *Racines du ciel,* leur père à tous, plus jeune que les plus jeunes — de céder la part belle de sa vie à ces adultes-croque-mitaines qui ont l'outrecuidance de se proclamer « responsables » de son propre destin. Renoncer à l'humble prodigalité du *fictif*, à la généreuse discrétion du *merveilleux*, afin de solliciter comme en catimini l'accréditation de la société, et de s'adonner ainsi, pour la consolidation de celle-ci, à la grandiloquence des mots d'ordre et à la présomption des prises de position, voilà ce qui, si le cas s'était bel et bien présenté, eût fait entrer de Gaulle et Gary, chacun à leur façon, et pour des raisons bien sûr différentes, non dans l'espace invisible de l'Autorité (celui qu'ils ont réellement arpenté), mais dans le champ de bataille du Pouvoir, et peut-être même dans le règne, fort hideux, de la mort — de cette mort à laquelle on reconnaîtra sans peine que Malraux, ministre de la Culture, ne cessait plus, à la fin de sa vie, de tresser des couronnes aux couleurs flamboyantes.

Alors, qui, de Romain Gary ou d'André Malraux, fut le plus heureux et le plus libre ? Et qui nous sera à jamais le plus cher : celui qui nous voulait libres ou celui qui nous rendit heureux ? Est-il seulement nécessaire de répondre ? Par-delà leurs divergences, Gary et Malraux ne nous paraissent-ils pas complémentaires l'un de l'autre ? Et n'est-ce pas le souci de cette complémentarité-là qui fait, à nos yeux, toute la richesse de leur « amitié » ?

Quiconque voudrait donner suite à ces questions pourrait toutefois s'inspirer de la réponse qui fut portée à la connaissance de Malraux lui-même par les bons soins d'Émile Ajar. Sur la page de titre de *Gros-Câlin*, que Gary s'était amusé, au moment de sa parution, à lui envoyer incognito, Malraux eut sans doute la surprise de lire ces *famous last words :* « Roman pas mort. » Ni Roman Kacew, dit Romain Gary, ni le roman en tant que tel ne sont morts, en effet.

Paul AUDI

Photocomposition Nord-Compo
Villeneuve-d'Ascq
Cet ouvrage a été imprimé par la
SOCIÉTÉ NOUVELLE FIRMIN-DIDOT
Mesnil-sur-l'Estrée
pour le compte des Éditions Calmann-Lévy
en janvier 1997

Imprimé en France
Dépôt légal : janvier 1997
N° d'édition : 12345/01 - N° d'impression : 37098